Schrecken in der Schule

Von Julia Boehme und Renée Holler
Mit Illustrationen von Dorothea Ackroyd
und Irmgard Paule

gondolino

gondolino in der Gondrom Verlag GmbH, Bindlach 2005
Reihenlogo: Gisela Dürr
Coverillustration: Dagmar Cohnen
Text: Julia Boehme (Außerirdische im Internat),
Renée Holler (Entführung auf dem Schulhof)
Illustrationen: Dorothea Ackroyd (Außerirdische im Internat),
Silvia Christoph (Entführung auf dem Schulhof)
Covergestaltung: Constanze Ordnung
Satz: Sandra Leykauf

002

ISBN 3-8112-2648-7

Der Umwelt zuliebe gedruckt auf chlorfrei gebleichtem Papier.

5 4 3 2 1

www.gondolino.de

Inhaltsverzeichnis

Außerirdische im Internat

„Wer von euch hat Lust, in den Ferien zur Schule zu gehen?“, fragt Ron S. Fox beim Treffen des Krimiclubs.

Die Detektive starren ihren Clubchef entgeistert an. Das kann er doch wohl nicht ernst meinen!

„Na, meldet sich keiner freiwillig?“ Fox blickt grinsend in die Runde. „Dann würde ich Boris und Swana vorschlagen.“

„Wieso uns?“, fragt Boris verblüfft.

„Ganz einfach: Weil ihr euch beide exzellent mit Außerirdischen auskennt!“, antwortet Fox.

Im Clubraum ist es mit einem Mal mucksmäuschenstill: Hatte Fox ‚Außerirdische‘ gesagt?

„Es geht um einen neuen Fall“, erklärt Fox, „und zwar im Goethe-Internat auf Burg Wiesenau. Seit kurzem stehen geheimnisvolle Zeichen an der Schulmauer. Und der Direktor der Schule ist sich sicher, dass diese mysteriöse Schrift nicht von Menschen stammt. Nun sollen wir herausfinden, ob seine Schule in Gefahr ist und was hinter alldem steckt.“

So ein spannender Fall! Wer hätte gedacht, dass in einer Schule so ein großes Abenteuer wartet ...

„Nun, Boris und Swana, wollt ihr den Fall übernehmen?“, fragt Clubleiter Fox.

„Na klar!“, rufen beide gleichzeitig.

„Gut!“ Ron S. Fox nickt zufrieden. „Der Direktor möchte, dass vorläufig noch niemand von der Sache erfährt. Ihr werdet also verdeckt ermitteln und als ganz normale Schüler das Internat besuchen. Die Ferien sind in Wiesenau nämlich leider schon vorbei. Nun“, Fox holt tief Luft, „findet heraus, ob wirklich Außerirdische im Spiel sind, und wenn ja, was sie vorhaben! Alles klar so weit?“

„Alles klar!“, meint Swana. Boris tippt bereits die ersten Notizen in seinen Minicomputer.

„Und nicht vergessen“, ruft Ron S. Fox. „Kennwort?“

„Rätselkrimi!“, antwortet Boris und zwinkert Swana fröhlich zu. Das werden bestimmt die spannendsten Ferien ihres Lebens!

„Boh!“ Boris bleibt der Mund offen stehen, als er gemeinsam mit Swana aus dem Taxi steigt. „Das ist also das Internat!“ Vor ihnen in der Dunkelheit liegt Burg Wiesenau.

„Sieht aus wie ein Spukschloss!“, raunt Swana Boris zu. „Vielleicht stammt die geheimnisvolle Schrift ja auch von Geisterhand. Uaaah!“ Swana geht wie Frankenstein langsam und schwerfällig auf Boris zu.

Lachend klingeln sie am großen Eingangsportal.

Hausmeister Wachter öffnet ihnen. Mürrisch zeigt er den beiden ihre Zimmer, dann führt er sie zum Schuldirektor.

Direktor Dr. Reifenbrook reibt sich nervös die Hände, als er zu erzählen beginnt: „Mit einer Schmiererei auf der Mauer fing alles an. Harmloses Graffiti, dachte ich erst und bat Herrn Wachter, es zu übermalen. Doch die Schrift ließ sich nicht übertünchen: Sie blieb einfach genauso klar und deutlich stehen wie zuvor." Dr. Reifenbrook stöhnt. „Zusammen mit Chemielehrer Albers habe ich also dieses merkwürdige Graffiti untersucht. Und was wir entdeckt haben, ist einfach unglaublich: Die Farbe besteht aus Substanzen, die sonst nirgends auf der Erde vorkommen. So lächerlich es vielleicht klingt: Es gibt für mich keine andere Erklärung, als dass die Schrift von Außerirdischen stammt!" Dr. Reifenbrook fröstelt. „Außerirdische hier in unserem Goethe-Internat!" Leichenblass sinkt er auf seinen Ledersessel.

„Keine Sorge, Herr Dr. Reifenbrook!", beschwichtigt Swana den Direktor. „Ich glaube nicht, dass sie wirklich gefährlich sind!"

„Dann wäre nämlich schon längst etwas passiert!", platzt Boris dazwischen.

Der Direktor fährt ängstlich zusammen, und Swana wirft Boris einen ärgerlichen Blick zu. Unbeirrt fährt sie fort: „Verlassen Sie sich ganz auf uns: Wir klären den Fall. Denn für Übersinnliches sind Boris und ich Spezialisten!"

Der Direktor erhebt sich zögernd und schüttelt den beiden Detektiven die Hände. „Ich freue mich, dass ihr gekommen seid!“ Einen Moment lang stehen die drei schweigend da. Swana will sich gerade verabschieden, da deutet der Direktor auf die Vitrinen und Schränke in seinem Arbeitszimmer und fragt: „Ihr interessiert euch nicht vielleicht für Steine? Aus aller Welt habe ich welche zusammengetragen.“ Seine Stimme klingt plötzlich gar nicht mehr ängstlich, sondern richtig begeistert. „Ich zeige euch gerne meine Sammlung!“

„Ja, gerne“, sagt Swana höflich.

„Bei Gelegenheit!“, ergänzt Boris schnell. Ihn interessiert zurzeit nur die alte Steinmauer mit der rätselhaften Schrift. Am liebsten würde er sie sich sofort angucken. Doch dazu ist es jetzt leider schon zu dunkel.

Gleich am nächsten Morgen aber laufen die Detektive zur Mauer – und können es kaum fassen!

„So ein merkwürdiges Graffiti habe ich noch nie gesehen“, ruft Swana. „Was ist das bloß für eine Sprache?“

„Keine Ahnung.“ Boris schüttelt den Kopf.

Swana geht näher an die Mauer ran. „Schau dir das an!“ Mitten im Text sind zwei große Mauersteine herausgefallen und in mehrere Stücke zerbrochen.

Swana hebt sie auf und legt sie zusammen.

Was steht auf den zerbrochenen Mauersteinen?

Swana legt das letzte Bruchstück an. Boris hat währenddessen die Schrift auf der Mauer in seinen Minicomputer eingelesen. Jetzt fügt er auf dem Bildschirm die restlichen Zeichen in die Lücke ein.

„Hier haben wir nun den kompletten Text!", sagt er zufrieden. „Mal sehen, was der Computer dazu sagt!" Doch obwohl in Boris' Spezialcomputer auch außerirdische Schriften abgespeichert sind, kann der Computer die Schrift nicht entziffern. Die Zeichen scheinen von einer fernen, noch unbekannten Galaxie zu stammen.

Da gongt es. Weitere Untersuchungen müssen warten, bis der Unterricht vorbei ist.

Erst nach dem Mittagessen können die Detektive weiter ermitteln. Auf dem Schulhof hören sie eine aufgeregte Stimme. „Ein Ufo! Ich habe ein Ufo gesehen!", keucht der dicke Bert. Sofort ist er von lauter Schülern umringt. „Wo denn? Los, erzähl schon!"

„Ich war hinten im Obstgarten", japst Bert noch völlig außer Atem, „da höre ich ein Surren über mir. Ganz leise und unheimlich. Ich guck hoch, und was seh ich? Ein Ufo!"

„Wie sah es denn aus?", fragt Boris.

„Na ja, irgendwie silbern!", antwortet Bert zögernd.

„Geht's nicht genauer?", hakt Swana nach.

„Genauer?", blafft Bert ärgerlich. „Ich habe mich, so schnell ich konn-

te, unter einen Baum geschmissen und gewartet, bis das Ding weg war!“

„Los, zum Obstgarten!“ Swana zieht Boris schon hinter sich her.

„Weißt du denn, wo der ist?“, fragt Boris erstaunt.

„Ich habe einen Plan!“ Swana zaubert eine Kopie aus der Hosentasche. „Der lag beim Hausmeister aus. Der Schlosspark ist nämlich ganz schön verwinkelt!“

Swana hat nicht übertrieben. Der Park ist ein richtiges Labyrinth. Doch mithilfe des Plans sind die beiden Detektive schnell im Obstgarten.

Sie verstecken sich in einem Kirschbaum. Von hier oben haben sie einen guten Ausblick. Aber fast zwei Stunden vergehen, und noch immer sitzen sie auf ihrem Beobachtungsposten. Wie gut, dass die Kirschen reif sind, sonst wäre Boris längst verhungert. Trotzdem wird er langsam ungeduldig.

„Meinst du wirklich, es lohnt sich, noch länger zu warten?“, fragt er schließlich.

„Unbedingt! Ich fühle, dass gleich etwas passiert!“, sagt Swana entschieden.

„Du mit deinem Gefühl!“, grinst Boris. Doch im selben Moment hören sie ein leises Surren. Gebannt schauen sie nach oben. Eine fliegende Untertasse gleitet tief über sie hinweg, Richtung Ententeich. Ein Ufo.

„Achtung!“, schreit Swana. Doch zu spät: Weiter hinten im Park streift das Ufo die obersten Äste einer riesigen Eiche und trudelt zur Erde.

„Es ist abgestürzt!“, ruft Boris aufgeregt. „Los!“ Schon ist er vom Baum geklettert und rennt los.

„Halt! Wir wissen doch gar nicht, wie wir zu der Eiche kommen!“ Im Rennen kramt Swana den Plan aus ihrer Tasche. „Nun warte doch!“

Welches ist der kürzeste Weg vom Obstgarten zur tausendjährigen Eiche?

„Oje! Die Eiche steht am anderen Ufer des Schlossteichs!“, seufzt Swana. „Wir müssen noch einmal ganz zurück zum Rosengarten und dann über die Brücke. Wenn wir dann den Weg hinter der Baumschule nehmen, müssten wir direkt zur tausendjährigen Eiche kommen.“

„Dann los!“ Boris und Swana sprinten los. Erst bei der Baumschule werden sie langsamer und pirschen sich leise zur Lichtung. Boris zupft Swana aufgeregt am Ärmel. „Da ist es!“, flüstert er.

Im hohen Gras, nur ein paar Meter von der Eiche entfernt, liegt das Ufo.

„Es scheint den Sturz ja ganz gut überstanden zu haben!“, flüstert Swana. Doch dann zucken die beiden zusammen. Das Ufo beginnt hin und her zu wackeln, und von innen hämmert jemand oben an die runde, verspiegelte Glaskuppel.

„Hilfe! Hilfe!“, tönt es dumpf.

Boris und Swana gucken sich mit großen Augen an.

„Die sprechen ja wie wir!“, murmelt Boris verwundert.

Swana grinst. „Ich glaube, das ist gar kein Ufo!“

Und ehe sich Boris versieht, rüttelt Swana schon an der Kuppel. Klack! Die Kuppel springt auf. Boris hält vor Schreck die Luft an. Doch der Mann, der in Jeans und Pulli aus der Öffnung klettert, sieht wie ein ganz normaler Mann aus. Aber natürlich können Außerirdische auch menschliche Gestalt annehmen, denkt Boris.

„Danke!", sagt der Mann und schüttelt Swana die Hand. „Ich bin wohl abgestürzt, und die Klappe hat sich verklemmt. Mal sehen, ob sonst alles in Ordnung ist."

Prüfend geht der Fremde um seinen Flieger herum. „Habe ich selbst gebaut. Ein Solarhubschrauber, fliegt ausschließlich mit Sonnenenergie! Klasse, was?", schwärmt er dabei.

Jetzt grinst auch Boris. „Und wir dachten schon, das ist ein Ufo!"

„Ein Ufo? Nein, ganz bestimmt nicht!", lacht der Mann. Dann wird er auf einmal ernst. „Vielleicht haltet ihr mich für verrückt. Aber draußen auf einer Weide habe ich von oben ganz seltsame, kreisrunde Abdrücke gesehen." Der Mann lächelt verlegen. „Es sieht aus, als ob da eine fliegende Untertasse gelandet ist. Merkwürdig, nicht wahr?"

„Können Sie uns die Stelle zeigen?", fragt Swana.

„Klar!", der Pilot strahlt. „Auf dem Rücksitz ist Platz für euch beide! Wollen bloß hoffen, dass es die Kiste noch tut! Bevor wir abheben, sollte ich den Hubschrauber noch einmal gründlich kontrollieren. Vielleicht ist bei dem Absturz doch was kaputtgegangen. Und auf eine zweite Bruchlandung kann ich heute gut verzichten."

Der Pilot holt aus einem Seitenfach eine große Papierrolle. „Wenn ihr wollt, könnt ihr mir helfen. Das hier ist der Bauplan. Wenn an meinem Solarmobil jetzt irgendetwas anders ist als auf dem Plan, dann sagt mir bitte Bescheid. Ich schaue es mir solange von unten an."

`Was ist nach dem Absturz am Solarhubschrauber anders als vorher?`

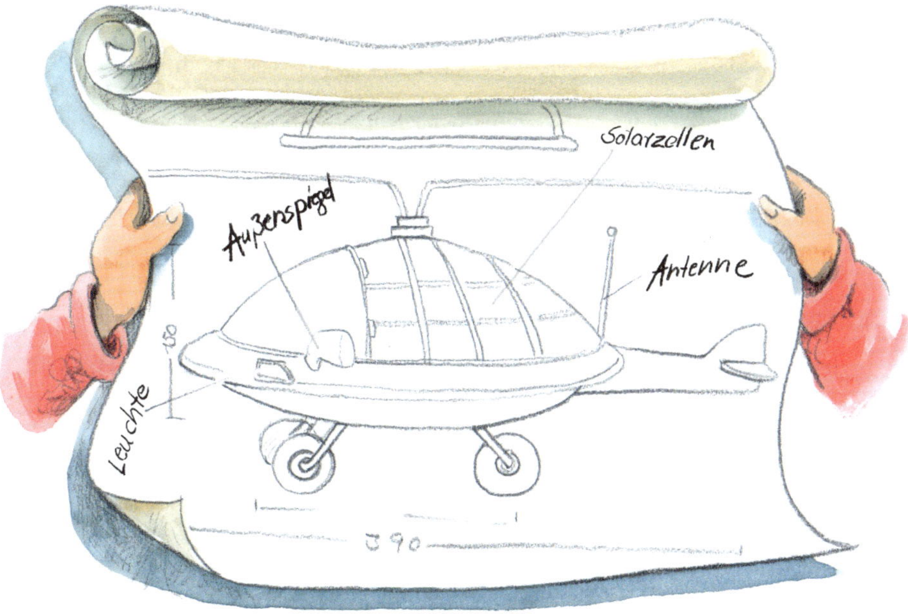

Ganz unbeschadet ist das Solarmobil bei dem Absturz nicht davongekommen. Doch im Großen und Ganzen sind es nur Kleinigkeiten: Der linke Rückspiegel, das Hinterrad und die Antenne sind bei der Notlandung abgebrochen. Außerdem ist eine Leuchte zerbrochen, an der Kuppel fehlt ein Scharnier, und an der Seite sind ein paar harmlose Kratzer im Lack.

„Alles nicht so schlimm!“, meint der Pilot. „Das Einzige, was vor dem Flug unbedingt wieder angebracht werden muss, ist das Hinterrad.“

Als Swana das Rad schließlich im hohen Gras wiederfindet, dauert es nicht lange, bis der Pilot es befestigt hat. Nach ein paar gezielten Hammerschlägen klemmt auch die Kuppel nicht mehr, und der Solarhubschrauber hebt ab.

Gespannt gucken die Detektive nach unten. Von hier oben haben sie einen fantastischen Ausblick auf den Schlosspark.

„Guck mal!“, ruft Swana. „Hier auf dem Kirschbaum haben wir gesessen!“

„Jetzt passt mal auf!“, sagt der Pilot, als nicht mehr der Obstgarten, sondern eine Viehweide unter ihnen liegt. „Da!“, ruft er. „Kein Wunder, dass mich diese Entdeckung aus der Bahn geworfen hat, was?!“

Boris und Swana starren nach unten auf ein großes, kreisrundes Muster.

„Als ob es in den Boden gebrannt wäre!“, murmelt Boris.

Sie fliegen tiefer und landen schließlich.

Staunend stehen die drei vor dem merkwürdigen Muster.

„Wahrscheinlich hat sich da nur einer einen Spaß erlaubt!“, meint Swana.

Der Pilot nickt, dann blickt er besorgt zum Himmel. „Es sieht verdammt nach Regen aus. Da muss ich sehen, dass ich schnell nach Hause komme. Wenn die Sonne weg ist, reicht der Energiespeicher leider nicht so lange. Tschüss, ihr beiden!“

Boris blickt dem Hubschrauber nach, dann fragt er: „Bist du dir sicher, dass das hier keine Spuren von einem Ufo sind?“

„Ich bin mir sogar ganz sicher, dass es Spuren von einem Ufo sind!“, sagt Swana ernst. „Aber das muss ja nicht jeder wissen.“

„Nur, wer das Kennwort kennt.“

„Kennwort?“

„Rätselkrimi“, sagt Boris wie aus der Pistole geschossen.

„Wenn der Pilot die Zeitungen oder gar die Polizei alarmiert, wird uns der Rummel nicht gerade bei unseren Ermittlungen helfen“, erklärt Swana.

Boris nickt. „Und sie würden alle Spuren zertrampeln!“

In der Erde zwischen den Grashalmen hat er nämlich Fußspuren entdeckt. Boris zieht seinen Mini-Computer aus der Tasche und scannt sie ein.

„Es sind zwei unterschiedliche Schuhabdrücke!“, stellt er fest.

Swana verfolgt die Spuren weiter. Sie enden auf einer kleinen, asphaltierten Straße, die direkt zum Internat führt.

„Wenn das kein Zufall ist!“, meint Swana. „Wir sollten bei der Schule noch einmal nach Fußspuren suchen.“

Schwarze Regenwolken hängen drohend über Burg Wiesenau. Sie müssen sich beeilen: Ein Regenschauer würde sofort alle Spuren vernichten. Fieberhaft vergleichen die Detektive die Abdrücke aus dem Computer mit den Spuren vor der Schule.

Sind vor der Schule die gleichen Fußspuren wie auf dem Feld?

„Die Außerirdischen aus dem Ufo waren hier vor der Schule!", sagt Boris. Er kann die Abdrücke gerade noch in seinen Computer einlesen, bevor es zu schütten beginnt. „Sie haben ungefähr unsere Schuhgröße!", stellt Swana fest.

„Meinst du, die Außerirdischen haben sich hier im Internat als Schüler eingeschlichen?", fragt Boris.

„Ja!", antwortet Swana. „Und da die geheimnisvolle Schrift erst nach Beginn des neuen Schuljahrs an der Mauer erschienen ist, müssen wir vor allem die neuen Schüler unter die Lupe nehmen!"

„Puh! Unsere ganze siebte Klasse ist neu an der Schule!", stöhnt Boris. „Jetzt müssen wir von allen die Schuhe überprüfen!"

„Da habe ich eine bessere Idee!", sagt Swana geheimnisvoll. „Die verrate ich aber erst morgen! Tschüss!" Schon ist Swana im Mädchentrakt des Internats verschwunden.

Am nächsten Tag macht die siebte Klasse einen Ausflug. Die neuen Schüler sollen dabei die Gegend kennen lernen. Swana und Boris sind natürlich auch dabei.

„Jetzt verrate mir endlich deine Idee!", drängt Boris ungeduldig.

„Pass auf!", erklärt Swana und tippt auf ihre Jackentasche. „Ich habe hier eine Kamera dabei und werde unbeobachtet ein paar Fotos machen! Spätestens heute Mittag wissen wir, mit wem wir es zu tun haben, da bin ich mir sicher!“

„Ich verstehe noch gar nicht ...“, beginnt Boris, doch Swana unterbricht ihn: „Du kannst mir helfen, indem du immer notierst, wen ich gerade fotografiere.“

Sie drückt Boris einen Block und einen Kuli in die Hand, und schon knipst sie los.

Nach dem Ausflug treffen sich die beiden Detektive heimlich im Obstgarten. Gemeinsam schauen sie sich die fertigen Fotos an. Sorgfältig überträgt Swana die Namen der Schüler auf die Fotos.

„So ein Mist!“, schimpft Boris plötzlich. „Auf drei der Fotos ist ja gar nichts zu sehen. Deinen Fotoapparat kannst du wohl vergessen!“

„Mein Fotoapparat ist völlig in Ordnung!“, lacht Swana. „Ich dachte, du kennst dich mit Außerirdischen aus!“

„Wieso?“ Boris schaut sie mit großen Augen an, und dann fällt der Groschen. „Klar! Die meisten Außerirdischen haben eine starke Strahlung, die zwar für das bloße Auge unsichtbar ist, aber jedes Foto zunichte macht. Die Bilder von Außerirdischen sind stets hoffnunglos überbelichtet. Also schneeweiß, genau wie diese drei Fotos!“

„Na klar“, strahlt Boris, „diejenigen Schüler, die man auf den belichteten Bildern erkennt, sind Menschen. Diejenigen aber, die auf keinem der Fotos zu sehen sind, müssen die beiden gesuchten Außerirdischen sein!“

Wer sind die Außerirdischen?

Swana schaut noch einmal auf Boris' Liste. Das Foto mit Anna und Till, das Foto mit Lina, Till und Sabine und das Foto mit Kim, Anna und Nicklas sind überbelichtet. Und Kim und Till sind die Einzigen, die auf keinem der anderen Bilder zu sehen sind.

„Jetzt haben wir sie!", ruft Boris begeistert. „Kim und Till sind die Außerirdischen! Deine Idee mit den Fotos war einfach spitze!"

Swana grinst verlegen, doch dann wird sie ernst. „Unsere Aufgabe ist noch nicht gelöst. Wir wissen weder, was die beiden hier vorhaben, noch was das komische Graffiti bedeutet."

„Eins nach dem anderen!", beruhigt sie Boris. „Wir werden die zwei nicht aus den Augen lassen. Ich wette, wir wissen bald, was das alles zu bedeuten hat!"

Doch Boris irrt sich: Obwohl die beiden Detektive Till und Kim auf Schritt und Tritt beschatten, kommen sie bei ihren Ermittlungen nicht einen Zentimeter weiter. Weder in den Schulstunden noch in der Freizeit verhalten sich Till und Kim irgendwie auffällig.

Bedrückt gehen sie zur nächsten Stunde. Es ist Bio. Frau Rosenbaum erklärt anhand eines Skeletts alle Knochen. Swana und Boris sind mit ihren Gedanken allerdings ganz woanders. Doch als sich nach der Stunde ausgerechnet Till und Kim melden, um das Skelett in den verschlossenen Bioraum zurückzubringen, werden die Detektive sofort aufmerksam. Heimlich folgen sie den beiden bis zum Bioraum. Klack! Die Tür fällt ins Schloss. So ein Pech! Der Bioraum mit all den Knochen, ausgestopften Tieren, den Schmetterlings- und Mineralsammlungen kann nur mit einem Schlüssel geöffnet werden. Und das Schlüsselloch ist viel zu schmal, um hindurchzugucken.

Boris und Swana bleibt also nichts anderes übrig, als die Biotür heimlich vom Treppenhaus aus zu beobachten.

„Was machen die nur?“ Swana guckt ungeduldig auf die Uhr. „Die müssten doch schon längst wieder raus sein!“

„Warten wir's ab!“, meint Boris. Doch im selben Augenblick kommt ihr Lehrer, Herr Barth, die Treppe runtergesprungen. „Was sucht ihr denn hier? Wir haben doch jetzt Deutsch!“, ruft er überrascht und schiebt die beiden Detektive vor sich her zum Klassenzimmer.

Till und Kim kommen über 20 Minuten zu spät zum Unterricht. „Kim hatte starkes Nasenbluten“, entschuldigt sie Till. „Es ist jetzt erst ein bisschen besser geworden!“ Tatsächlich hält sich Kim ein blutiges Taschentuch vor die Nase. Swana stößt Boris an. „Außerirdische können doch gar nicht bluten!“, raunt sie ihm zu. „Das verstehe ich einfach nicht!“

„Ich schon!“, grinst Boris.

Wieso weiß Boris Bescheid?

„Schau doch mal Tills Brusttasche an!“, flüstert Boris. „Ein großer roter Tintenfleck! Ich wette, das Blut auf dem Taschentuch ist auch nichts weiter als rote Tinte aus Tills Füller!“

„Klar!“ Swana nickt. Auf dem Tisch liegt ja auch eine Packung roter Tintenpatronen! Rote Tinte, das ist die Erklärung!

Beim Mittagessen beratschlagen sich die Detektive. Was haben Kim und Till bloß so lange im Bioraum gemacht? Und was suchen sie überhaupt hier im Goethe-Internat?

„Meinst du eigentlich, dass die zwei gefährlich sind?“, fragt Boris nachdenklich.

„Das kann ich mir einfach nicht vorstellen!“, antwortet Swana. „Dazu sind die beiden irgendwie zu nett.“

„Ich glaube es auch nicht!“, murmelt Boris. „Egal, trotzdem müssen wir rausfinden, was sie vorhaben. Und der Bioraum ist seit Tagen die erste neue Spur!“

Ja, sie müssen unbedingt den Bioraum absuchen, da sind sich Swana und Boris einig! Doch wie kommen sie dort unbemerkt hinein? Hausmeister Wachter hat zwar alle Schlüssel, doch er gibt grundsätzlich keinen an die Schüler heraus. Zum Aufschließen kommt er stets mit: Wie sollen sich die Detektive da in Ruhe umgucken?

„Wir müssen uns den Schlüssel von Wachters Schlüsselbrett holen!“, schlägt Boris vor. Unauffällig streichen die Detektive vor dem Hausmeisterstübchen herum. Doch der Hausmeister sitzt wie angegossen auf seinem Stuhl und liest Zeitung. Hinter ihm, am großen Schlüsselbrett, hängen lauter einzelne Schlüssel.

„Fällt dir was auf?", fragt Swana erschrocken. „Die Schlüssel am Brett sind gar nicht beschriftet, nur nummeriert. Wie wollen wir da den richtigen Schlüssel finden?"

Boris muss gar nicht lange überlegen. „Ganz einfach!", ruft er. „Ich scanne das Schlüsselloch in meinen Computer ein und suche dann den passenden Schlüssel! Dafür brauche ich allerdings etwas Zeit. Kannst du Herrn Wachter so lange ablenken?"

Als Swana noch grübelt, wie sie den Hausmeister am besten von seinem Platz weglocken könnte, gongt es. Boris fährt zusammen: „Mist, wir haben ja noch Sport! Das hätte ich fast vergessen!"

„Sport?!", ruft Swana. „Jetzt habe ich eine Idee, wie du unbemerkt ans Schlüsselbrett kommst!"

Nach dem Sportunterricht klopft Swana beim Hausmeister ans Fenster. „Entschuldigung, Herr Wachter!", sagt sie. „Ich habe mein Sportzeug im Umkleideraum liegen lassen! Könnten Sie mir die Turnhalle noch einmal aufschließen?"

Schwerfällig erhebt sich Herr Wachter und greift nach dem Schlüssel Nummer vier.

„Es vergeht doch wirklich kein Tag, an dem niemand etwas vergisst!“, murrt er. „Und dann muss ich wieder ran!“

Boris wartet, bis Herr Wachter langsam um die Ecke schlurft. Dann schlüpft er in das Hausmeisterbüro. Schnell ruft er in seinem Computer das Bild vom Schlüsselloch auf und prüft jeden einzelnen Schlüssel.

Welcher Schlüssel passt in das Schloss?

Boris will schon nach dem Schlüssel Nummer zwei greifen, da fällt ihm mit einem Mal ein, dass der Schliff des richtigen Schlüssels genau spiegelverkehrt sein muss, wenn er in das Schloss passen soll. Nummer sieben ist also der richtige Schlüssel! Puh, da hätte Boris doch fast den falschen genommen. Vorsichtig linst er durch den Türspalt: Die Luft ist rein. Er verschwindet keine Minute zu früh, denn von weitem hört er schon Wachters schlurfende Schritte. „Hoffentlich fällt es ihm nicht auf, dass einer der Schlüssel fehlt!“, hofft Boris. Doch Herr Wachter greift gleich wieder zu seiner Zeitung. Die Detektive scheinen Glück zu haben ...

Erst nachts wollen sich Swana und Boris in den Bioraum schleichen. Tagsüber ist das viel zu gefährlich. Sie könnten viel zu leicht erwischt werden.

„Hoffentlich finden wir etwas, das uns weiterhilft!“, meint Swana. Denn die beiden Außerirdischen verhalten sich mal wieder äußerst unauffällig. Schon seit dem Mittagessen hocken sie im Aufenthaltsraum und spielen eine Partie Schach nach der anderen.

Endlich ist es so weit. Kurz vor Mitternacht treffen sich Boris und Swana vor dem Bioraum. Swana leuchtet mit ihrer Taschenlampe, während Boris die Tür aufschließt. Es ist wirklich der richtige Schlüssel!

Schnell schlüpfen sie in den Bioraum. „Halt! War da nicht ein Geräusch?“, flüstert Boris. Blitzschnell knipst Swana die Taschenlampe aus. Eine ganze Weile bleiben die Detektive unbeweglich stehen und lauschen: Nichts!

„Ich muss mich getäuscht haben!“, flüstert Boris schließlich. Noch im Dunkeln geht er ein paar Schritte und läuft direkt jemandem in die Arme. „Ahh! Hilfe!“

Swana schaltet die Lampe an. Boris ist mit Schwung in das Skelett gelaufen. Beide Knochenarme liegen über seinen Schultern. Mit weichen Knien befreit sich Boris aus der gruseligen Umarmung.

„Tut mir Leid!“, murmelt er. Und Swana weiß nicht, ob er sich bei ihr oder bei dem Skelett entschuldigt.

Der Lichtschein der Taschenlampe tastet sich über ausgestopfte Ratten, Vogelskelette und Plastikgedärme.

Dann schwenkt Swana den Lichtstrahl über eine Reihe von großen Gläsern: ein eingelegtes Büffelherz, ein Gehirn und ein Lurch in Alkohol.

„Halt, hier fehlt doch etwas!“, wispert Swana plötzlich. Sie geht näher an das Regal, um die Beschriftung am Brett besser lesen zu können.

„Crotalus viridis“, buchstabiert Swana. „Prärieklapperschlange.“

„Was haben die denn damit vor?“, fragt Boris. Er hat inzwischen alle Vorhänge zugezogen und schaltet das Deckenlicht an.

„Moment mal!“ Swana bückt sich und hebt eine Scherbe auf. Automatisch geht sie zum Papierkorb. Unter einer zerknüllten Zeitung findet sie dort das zerbrochene Glas mit der toten Klapperschlange.

„Die Spur war kalt!“, klärt sie Boris auf. „Das Glas ist wohl aus Versehen kaputtgegangen.“

„Dafür habe ich hier gerade etwas Heißes entdeckt“, antwortet Boris atemlos. „Ich glaube, ich weiß, woran die Außerirdischen wirklich interessiert waren!“

Was haben die Außerirdischen wirklich gesucht? Wodurch haben sie sich verraten?

„Schau doch: ein Fußabdruck!", flüstert Boris und zeigt auf den Drehstuhl. „Da wollte jemand hoch hinaus!"

Swana hat schon verstanden. „Ja, und zwar nach ganz oben ans Regal, noch über das Brett, auf dem das zerbrochene Schlangenglas stand. Es ist das einzige obere Fach, das keine Spinnweben hat."

„Genau", stimmt Boris ihr zu. „Die beiden haben sich für den hölzernen Kasten da oben interessiert. Und als sie ihn aus dem Regal geholt haben, müssen sie aus Versehen das Glas mit der Klapperschlange heruntergestoßen haben!"

Boris steigt nun selber auf den Stuhl und holt den geheimnisvollen Kasten herunter. Es ist eine Steinsammlung.

„Blauquarz, Bergkristall, Tigerauge, Amethyst", liest Swana auf den kleinen Etiketten. „Was wollen die nur damit?"

„Wahrscheinlich nichts! Schließlich sind ja noch alle Steine da!", antwortet Boris. „Vielleicht haben Kim und Till noch gar nicht gefunden, was sie gesucht haben!"

„Du meinst, vielleicht suchen sie einen speziellen Stein?", fragt Swana.

Boris nickt. „Das könnte doch sein, oder?!"

„Und wenn der Stein nicht hier ist", überlegt Swana, „dann ist er ..."

„... beim Direktor!“, rufen die beiden Detektive wie aus einem Mund.

Klar, Direktor Dr. Reifenbrook war doch schließlich so stolz auf seine große Steinsammlung! Dort müssen sie weitersuchen, und zwar sofort! Auf Zehenspitzen schleichen sie durch die Burg zum Büro des Direktors. Ein fahler Lichtschein fällt durch die angelehnte Tür. Vorsichtig schauen Boris und Swana durch den Türspalt. Und tatsächlich: Kim und Till durchsuchen heimlich die Steinsammlung des Schuldirektors! Doch auch hier scheinen sie wenig Erfolg zu haben. Denn Kim lässt sich gerade seufzend auf den Direktorenstuhl fallen. „Verdammt nochmal! Wieder nichts. Und wenn wir den Stein nicht finden, ist unser ganzes Volk für immer verloren!“

Ausgerechnet in diesem Moment muss Boris niesen. Es kommt urplötzlich, er kann es gar nicht verhindern. Blitzschnell reißt Till die Tür auf und leuchtet die beiden mit seiner Taschenlampe an: Swana und Boris sind ertappt!

„Was werden die jetzt bloß mit uns machen?“ Boris schluckt. Doch Swana ist sich sicher, dass die Außerirdischen nichts Böses im Schilde führen. Sofort sprudelt sie los: „Was für einen Stein sucht ihr denn? Und warum ist er so wichtig für euer Volk? Vielleicht können wir euch helfen! Wir sind nämlich Detektive, müsst ihr wissen!"

Bevor Kim oder Till irgendetwas sagen können, hören sie plötzlich Schritte die Treppe emporkommen.

„Schnell!" Till zerrt Boris und Swana ins Zimmer. In aller Eile verstecken sie sich hinter den Vitrinen. Sekunden später öffnet sich knarrend die Tür. Das Licht geht an. Boris und Swana können nichts weiter sehen als einen Schatten, der gespenstisch an die Wand fällt. Doch am markanten Profil erkennen sie gleich, wer es ist.

Wem gehört der Schatten?

Das Licht geht wieder aus, die Tür wird geschlossen. Puh! Alle vier kriechen erleichtert aus ihrem Versteck: Es war der Direktor, der sich aus seiner Bibliothek ein Buch geholt hatte. Zum Glück hat er sie gar nicht bemerkt!

„Wie gesagt“, beginnt Boris. „Swana und ich sind Detektive. Unsere Aufgabe ist es, das Rätsel um die geheimnisvolle Schrift an der Schulmauer zu lösen. Wir wissen, dass ihr Außerirdische seid und mit der Sache zu tun habt.“

„Nun sagt schon!“, drängt Swana. „Wer seid ihr? Was ist eure Mission? Vielleicht können wir euch helfen!“

Kim atmet tief ein. „Also gut“, sagt er. „Till und ich – ich glaube, wir bleiben dabei, denn unsere echten Namen sind für euch ziemlich kompliziert – kommen von Xiptadoy 973. Einem Planeten, der etwas kleiner als die Erde ist und in einer Galaxie liegt, die ihr Große Magellansche Wolke nennt. Nun, unser Planet war lange von Feinden besetzt, die wir erst vor kurzem überwältigen und verjagen konnten. Doch damit unser Volk in Zukunft glücklich und in Frieden leben kann, brauchen wir unseren Stein der Weisen zurück.“

„Ihr sucht tatsächlich nur einen Stein?“, fragt Boris verblüfft.

„Ja, aber nicht irgendeinen“, erklärt ihnen Till. „Der Stein der Weisen sieht zwar aus wie ein schlichter Kristall, aber auf ihm ist – ähnlich wie auf einer Computerdiskette – alles Wissen unseres Volkes gesammelt. Unsere Geschichte, Wissenschaft, Kunst und Literatur, unsere Erfindungen: einfach alles! Mit einem speziellen Scanner können wir den Stein lesen und so all das Wissen abrufen.“

„Und der Kristall ist hier auf der Erde?“, fragt Swana fassungslos.

Till lächelt ihr zu. „Ja, und zwar hier bei Burg Wiesenau. Die Schrift auf der Mauer stammt von unseren Leuten, die ihn vor gut 100 Jahren hier versteckt haben, gleich als unser Volk angegriffen wurde.“

„Ist sie ein Hinweis, wo der Stein zu finden ist?“, rät Boris.

„Ganz genau! Mit einem Spezial-Laser haben wir die unsichtbare Schrift wieder sichtbar gemacht“, erzählt Kim. „Jetzt scheint die Farbe durch alle Materie durch. Daher konnte man sie auch nicht überstreichen. In einigen Wochen wird sie aber wieder von selber verblassen.“

„Dummerweise“, fährt Till fort, „hat die leuchtende Schrift Verdacht erregt. Aber ohne den Hinweis können wir den Stein nicht finden.“

„Und mit dem Hinweis leider auch nicht!“, seufzt Kim.

„Was steht denn da?“, fragen Swana und Boris gleichzeitig.

Till lacht. „Das könnt ihr selber herausbekommen. Schließlich ist es doch in eurer Sprache geschrieben! Wir haben nur die Buchstaben durch neue Zeichen ersetzt. Jeweils ein Zeichen für einen Buchstaben des Alphabets. Hier ist der Code."

Boris ruft auf seinem Computer die Geheimschrift der Mauer auf und liest den Code in den Computer ein. Swana nimmt nur ihren Block zu Hilfe und übersetzt die geheime Nachricht genauso schnell wie Boris' Computer!

`Was steht auf der Mauer?`

„Geh vom großen Haus, vom rechten Pfosten, elf Schritte geradeaus und sechs nach Osten“, liest Swana. „Was hat das nur zu bedeuten?“

„Das wüssten wir selber gerne!“, sagt Till niedergeschlagen.

„Das ist doch einfach“, ruft Boris. „Das große Haus ist bestimmt die Schule, Burg Wiesenau also. Der rechte Pfosten muss die rechte Säule vom Haupteingang sein, und wenn man die angegebenen Schritte abläuft, findet man bestimmt die Stelle, wo der Stein der Weisen vergraben ist.“

Kim schüttelt den Kopf. „Das haben wir auch gedacht. Wir haben die Schritte abgemessen und sind zum Parkplatz gekommen. Wir haben den ganzen Platz mit einem Spezialsucher abgescannt: Nichts!“

Jetzt sind auch Boris und Swana ratlos. Schweigend stehen sie im Direktorenzimmer.

„Moment mal!“, ruft Swana und deutet auf eins der Bilder, die über dem Schreibtisch hängen. „Ist das nicht das Schulgebäude?“

„Ja!“, antwortet Kim. „Aber da steht ja noch ein Gebäude daneben!“

Swana nickt. „Genau! Auf dem Bild sieht es aus, als ob das heutige Internat nur ein Seitenflügel von einer größeren Anlage war. Vielleicht bezieht sich die Botschaft eurer Vorfahren auf das große Hauptgebäude.“

Kim und Till bleibt vor Staunen die Luft weg. „Aber ja doch! Darauf wären wir nie gekommen!“

Auf dem Bild ist der Haupteingang jedoch gar nicht zu sehen.

„Wir brauchen einen alten Plan, einen Grundriss!“, überlegt Boris.

„Vielleicht finden wir einen in der alten Schulbibliothek!“, schlägt Till vor.

„Ja“, ruft Swana begeistert. „Bei so alten Gebäuden gibt es häufig eine Chronik, in der steht, wie sich die Burg im Laufe der Zeit verändert hat. Da sind meist auch Pläne und Skizzen dabei!“

Sofort machen sich die vier auf. Doch die Bibliothek ist abgeschlossen.

„So ein Mist!“, flucht Boris. Kim schiebt ihn sanft zur Seite. Sie legt beide Hände auf die Klinke und schließt für einen kurzen Moment die Augen. Dann drückt sie die Klinke hinunter und öffnet die Tür.

„Den Trick musst du mir unbedingt verraten!“, meint Boris. Doch Kim schüttelt lachend den Kopf. „Um das zu können, müsstest du schon auf Xiptadoy 973 geboren sein!“

„Schade!“, murmelt Boris.

Swana durchsucht bereits den alten Karteikasten. Boris schüttelt den Kopf. „Was? Die Bibliothek hat keinen Computer?! Oje!“

„Hier!“ Triumphierend zieht Swana eine Karte aus dem Kasten. Im nächsten Moment stutzt sie. „Das gibt es doch gar nicht! Irgendein Idiot hat den oberen Rand der Karte abgeschnitten!“

Der Schnitt geht mitten durch die Buchsignatur.

„Jetzt können wir die ganzen Regale absuchen“, stöhnt Boris.

Till nimmt Swana die Karte aus der Hand. „Wartet doch mal“, meint er. „Die untere Hälfte der Signatur ist noch zu lesen. Es wäre doch gelacht, wenn wir die richtige Signatur nicht herausbekommen!“

Welche Signatur hat die Chronik?

„Das ist ja einfacher als gedacht!", freut sich Swana. „SIG. HISTORIE 24/XV, so müsste die richtige Signatur lauten!"

Gleich stürzen die vier zum richtigen Regal. Boris zieht mit einem Griff einen roten, schmalen Band heraus. Die Seiten sind so neu und unberührt, als habe noch kein Mensch das Buch gelesen. Schnell überfliegt Boris einige Seiten: „Das Internatsgebäude war tatsächlich nur das Nebengebäude eines viel größeren Baus, der erst 1924 durch ein großes Feuer zerstört und dann abgerissen wurde."

„Das erklärt alles!" Kim atmet erleichtert auf. „Wir sind also vom falschen Portal ausgegangen. Kein Wunder, dass wir nichts gefunden haben!"

„Jetzt fragt sich nur, wo das richtige Portal stand!", meint Swana.

Boris kratzt sich nachdenklich am Kopf. „Das ist etwas kompliziert! Wann wurde der Kristall denn genau versteckt?"

„1886!", antwortet Till wie aus der Pistole geschossen.

Doch Kim unterbricht ihn: „Quatsch, 1868 war das!"

„Nein, 1886, da bin ich mir total sicher!", widerspricht Till ärgerlich.

„Ist das denn wichtig?“, will Swana wissen.

„Ja, leider!“, meint Boris. „Bis 1870 war der Haupteingang auf der Südseite der Burg, mit dem Bau einer neuen Straße wurde dann der Eingang auf die Nordseite verlegt.“

Da fällt Till noch etwas Wichtiges ein: „Es war auf jeden Fall in einem Schaltjahr!“

„Das hilft uns weiter!“, ruft Swana. „Schau doch mal in deinen Computer, welches der Jahre einen 29. Februar hatte!“

Nur wenige Minuten später guckt Boris von seinem Computer hoch: „Es waren beides Schaltjahre: Der 29. Februar 1868 war ein Samstag, der 29. Februar 1886 war ein Montag ...“

„So ein Quatsch!“, ruft Swana. „Dein Computer spinnt ja! Es können unmöglich beide Jahre ein Schaltjahr gewesen sein. Schaltjahre gibt es nur alle vier Jahre! Wenn 1868 ein Schaltjahr war, waren 1884 und 1888 Schaltjahre! Aber bestimmt nicht 1886!“

„Mist!“, murmelt Boris zerknirscht. „Mein Computer errechnet einfach den Wochentag eines Datums, egal, ob es den Tag in dem Jahr wirklich gegeben hat oder nicht.“

„Er scheint also gar nicht zu wissen, wann ein Schaltjahr war“, stellt Kim fest.

Doch Till widerspricht ihm: „Wenn der Computer nicht wüsste, wann ein Schalt-

jahr ist, müsste ja der ganze Kalender völlig durcheinander sein! Und das ist er nicht!"

Da hat Swana eine Idee. „Wisst ihr, wie wir doch noch herauskriegen, welches Jahr das Schaltjahr war?", fragt sie plötzlich. „Wir müssen ganz einfach für beide Jahre noch einen zweiten Tag nachschauen: den ersten März!"

Boris runzelt die Stirn. Er hat zwar noch keine Ahnung, worauf Swana hinauswill, aber er gibt sofort die Daten in seinen Computer ein: „Der 1. März 1868 war ein Sonntag. Der 1. März 1886 war ein Montag!", verkündet er.

„Eine klasse Idee, Swana! Dann ist ja alles klar!", freuen sich Kim und Till.

„Wieso?", fragt Boris. „Mir ist noch gar nichts klar!"

```
In welchem Jahr war das Schaltjahr?
```

„Ist doch klar“, meint Kim, „1868 war das Schaltjahr!“

„Wieso das denn?“, fragt Boris verwirrt.

Swana erklärt es ihm: „Laut Computer war der 29. Februar 1886 ein Montag, und der 1. März 1886 war auch ein Montag. Aber da es niemals zwei Montage hintereinander geben kann, heißt das doch, dass es den 29. Februar 1886 gar nicht gab. Der Februar hatte im Jahr 1886 also nur 28 Tage. Und deshalb ist dies Jahr auch kein Schaltjahr.“

Boris nickt. „Und 1868?“

„Im Jahr 1868“, fährt Swana fort, „war der 29. Februar ein Samstag und der 1. März der darauf folgende Tag, nämlich ein Sonntag! In diesem Jahr gab es also einen 29. Februar. Also war 1868 ein Schaltjahr!“

„Puh! Ganz schön kompliziert!“, meint Boris. „Aber ich glaube, ich hab’s kapiert!“

Boris schlägt nun in der Chronik den alten, historischen Gebäudeplan auf und scannt ihn in seinen Computer ein. Danach scannt er einen aktuellen Plan des Internats ein. Auf dem Bildschirm schiebt er dann die beiden Karten genau deckungsgleich übereinander. Swana guckt ihm neugierig über die Schulter.

„So geht es am schnellsten!“, erklärt Boris.

„1868 war das Portal noch auf der Südseite des Hauptgebäudes. Also hier!“, murmelt er. „Genau da steht heute das Goethe-Denkmal!“

„Dann nichts wie hin!“, ruft Kim. Außer Atem kommen die vier beim Denkmal an. Gemeinsam messen sie die

Schritte ab. Dann dreht Till an seinem Ring und schwenkt seine Hand dicht über den Boden. „Das ist ein spezieller Kristallsucher. Wenn der Stein der Weisen hier vergraben liegt, gibt der Ring ein Signal!"

Schon piept es. Ist der Stein tatsächlich hier vergraben? Swana und Boris klopft das Herz vor Aufregung bis zum Hals!

„Wo kriegen wir jetzt bloß Schaufeln her?", überlegt Boris.

„Nicht doch!", lacht Kim und zieht etwas aus seiner Hosentasche. Es sieht aus wie eine kleine Fernbedienung. Diese richtet er auf den Boden. Und plötzlich wirbelt Erde auf, und im Nu ist dort ein tiefes, kreisrundes Loch. Auf dessen Grund liegt – ein großer metallischer Kasten! Oben auf dem Kasten sind vier große Tastenreihen mit verschiedenen Zahlen zu sehen.

„Aber was sind das für Zahlen? Ist das etwa eine Art Zahlenschloss?", staunt Boris.

„Ja, genau!", antwortet Till.

„Und wisst ihr den Code?", fragt Swana.

„Der Code ergibt sich von selber, wurde uns gesagt!“, erklärt Kim. „Und zwar aus den waagerechten Zahlenreihen!“

Alle starren nachdenklich auf die merkwürdigen Zahlenkombinationen.

Doch Swana schüttelt den Kopf. „Die Zahlen ergeben gar keinen Sinn!“

Kim lacht. „Und wisst ihr, wieso? In jeder waagerechten Reihe steckt eine falsche Zahl, die eine sinnvolle Zahlenkombination durcheinander bringt. Ich wette, genau diese falschen Zahlen sind der Schlüssel!“

Welches sind die vier falschen Zahlen?

„Na klar!“, ruft Swana. „Dass ich da nicht selber drauf gekommen bin! Die erste Reihe sind die Zahlen des 1x9. Nur dass statt 18 die 19 steht!“

„Die zweite Reihe ist einfach nur eine Folge von ungeraden Zahlen: Hier ist die 14 falsch, denn eigentlich müsste stattdessen die 13 kommen!“, erklärt Kim.

„In der nächsten Reihe werden alle Zahlen verdoppelt!“, meldet sich jetzt Boris. „Nur die 33 ist falsch: Denn 2 mal 16 ist schließlich 32!“

„Bleibt nur noch die letzte Reihe“, meint Till. „Hier findet sich das 1x6 abwärts: Nur dass statt 13 die 12 stehen müsste!“

„Dann wollen wir mal!“, sagt Kim und drückt nacheinander auf die falschen Zahlen: 19, 14, 33, 13.

Doch nichts tut sich, die Kiste ist immer noch fest verschlossen.

„Mist!“ Die vier gucken sich ratlos an.

„Vielleicht müssen wir die Zahlen gleichzeitig drücken!“ schlägt Boris vor. „So ist es beim Computer auch manchmal!“

„Okay!“, sagt Till. „Jeder übernimmt eine Zahl! Achtung, fertig, los – und drücken!“

Mit einem leisen Klicken springt die Metallkiste auf.

Innen liegt auf schwarzem Kissen ein Kristall, der in allen Farben leuchtet. Für einen Moment starren die Kinder gebannt auf das faszinierende Farbenspiel. „Das ist er! Hurra, wir haben ihn wiedergefunden!" Kim und Till sind außer sich vor Freude.

„Und ihr habt uns geholfen!", bedanken sie sich bei ihren neuen Freunden. „Das werden wir euch nie vergessen!"

„Das war doch gar nicht der Rede wert!", meint Boris und lacht.

„Unsere Mission ist hiermit zu Ende!", sagt Till ernst. „Wir werden uns sofort auf den Heimweg machen."

„Schade", seufzt Swana, „jetzt, wo wir uns gerade kennen gelernt haben! Dann also: Einen guten Flug und alles Gute für euch und euer Volk!"

„Danke!" Sie schütteln sich herzlich die Hände.

„Wir werden uns bei euch melden!", ruft Kim ihnen noch zum Abschied zu. „Ihr werdet schon sehen! Kennwort?"

„Rätselkrimi", rufen die Detektive.

Boris und Swana schauen ihren Freunden nach, bis sie im Dunkeln verschwunden sind. Nun ist auch ihr Auftrag in der Schule beendet. Gleich am nächsten Tag fahren Swana und Boris nach Hause zurück. Herr Fox holt die beiden Detektive höchstpersönlich vom Bahnhof ab und lädt sie zum Essen ein. Swana und Boris müssen ihm ihr

Abenteuer ganz genau erzählen. Das tun sie auch. Und erst als der Nachtisch vor ihnen steht, sind sie damit fertig. Herr Fox lächelt zufrieden. „Das habt ihr einfach großartig gemacht, ich bin wirklich stolz auf euch!“

Drei Wochen später rast Boris aufgeregt zum Club der Detektive.

„Swana, wir haben Post! Eine E-Mail!“, ruft er und hält ihr den Computerausdruck hin. „Schau doch mal! Sie ist von Kim und Till!“

„Das sieht ja aus wie das Graffiti vom Goethe-Internat“, schmunzelt Swana. „Ist es derselbe Code?“

„Nicht ganz!“, meint Boris. „Aber ich habe ihn schon geknackt.“

Entführung auf dem Schulhof

Peter und Jonas unterhalten sich gerade über die Krimiserie, die sonntags immer im Fernsehen läuft, da kommt Sara ins Klassenzimmer gestürzt. Sie lässt ihren Rucksack auf den Boden neben die Bank plumpsen. „Kennwort?“, keucht sie atemlos.

„Rätselkrimi!“, antworten die beiden Jungen einstimmig.

„Sag bloß“, fragt Jonas, „du hast einen Auftrag für uns?“

Sara nickt. „Ja, ich habe gerade mit Ron gesprochen. Er will, dass wir einen verdächtigen Typen beschatten. Er lungert seit Tagen vor der Schule herum. Ron will herausfinden, was der Mann vorhat.“

„Darf man nicht mehr auf der Straße stehen, ohne gleich verdächtig zu sein?“ Peter begreift nicht ganz.

„Der Mann, von dem Ron spricht, ist erst vor wenigen Wochen aus dem Gefängnis entlassen worden. Hat wegen einer Betrugssache ein Jahr lang gesessen.“

„Ah, verstehe. Wir sollen herausfinden, ob er etwas Neues plant.“

„Richtig! Doch wir sollen vorsichtig sein. Der Mann ist gefährlich.“

„Hat Ron dir eine Beschreibung von ihm gegeben?“

„Ja, er ist mittelgroß, hat kurze, dunkelbraune Haare, trägt einen kleinen Silberring im linken Ohr und kleidet sich vorzugsweise in Lederklamotten.“

Peter läuft aufgeregt zum Fenster des Klassenzimmers und versucht, auf die darunter liegende Straße zu blicken.

„Da steht er ja auch schon“, sagt er leise.

„Wo?“ Sara und Jonas drängen ans Fenster. Doch da läutet die Schulglocke, und Frau Kütt, die Mathelehrerin, kommt ins Klassenzimmer.

„Alle setzen!“, sagt sie. „Schlagt das Buch auf Seite 67 auf. Sara Spengler, das gilt auch für dich!“

Den Detektiven bleibt nichts anderes übrig, als sich auf ihre Plätze zu setzen. Doch ihre Gedanken sind längst woanders. Was nur könnte der verdächtige Mann vor der Schule vorhaben?

Sobald es zur Pause läutet, rennen Sara und Peter nach draußen. Nur Jonas hat Pech. Der neue Mitschüler, Max Gerhard, verwickelt ihn in ein Gespräch.

„Mein Vater entwirft Computerspiele“, prahlt Max. „Du bist doch angeblich so ein Rätselprofi. Wär das nicht was für dich? Auf sein neues Spiel sind alle schon ganz gespannt.“

Jonas nickt abwesend. Der Neue geht ihm auf die Nerven.

„Ich hab’s eilig“, sagt er schließlich. Jonas rennt die Treppe hinunter, um die anderen einzuholen.

„Warte“, ruft Max ihm nach. „Ich hab da was Spannendes für dich. Du kannst mich doch auch mal besuchen. Ich wohne ...“ Aber Jonas hört ihn schon nicht mehr.

Draußen stehen Sara und Peter neben der Ampel und tun so, als seien sie in ein Gespräch vertieft.

In Wirklichkeit beobachten sie den Mann auf der anderen Straßenseite. Er sieht in das Fenster des Schreibwarenladens.

„Ein alter Spionagetrick“, meint Sara fachmännisch. „Er schaut sich nicht die Auslage an, sondern beobachtet in der Spiegelung des Glases den Schulausgang.“

„Vielleicht will er Fahrräder vom Abstellplatz klauen?“, schlägt Peter vor.

„Nein“, widerspricht Jonas, der inzwischen zu den beiden gestoßen ist. „Dann hätte er längst zugeschlagen.“

Da überquert Max Gerhard die Straße. Der Mann in der Lederjacke geht auf Max zu und spricht mit ihm. Kennen sie sich etwa? Die Detektive können nicht verstehen, was die beiden reden. Noch dazu fährt jetzt ein blauer Lieferwagen vor und verstellt ihnen die Sicht.

„So ein Mist“, flucht Jonas. „Muss der hier parken?“

Danach geschieht alles wie im Zeitraffer. Der Mann schiebt Max in den Wagen, er selbst setzt sich auf den Beifahrersitz, Autotüren werden zugeschlagen, und der Lieferwagen rast mit heulendem

Motor davon. Geistesgegenwärtig zieht Peter blitzschnell seinen neuen Minifotoapparat aus der Schultasche und fotografiert den abfahrenden Wagen.

„Wieso wird Max von diesem Kriminellen abgeholt?“, wundert sich Sara.

„Vielleicht ist er ein Bekannter von Max“, meint Jonas.

„Nein.“ Peter schüttelt den Kopf. „Der sah mir nicht wie ein Freund der Familie aus. Irgendetwas ist daran faul.“

Die Detektive überqueren die Straße und untersuchen die Stelle, an der Max ins Auto geschoben wurde.

„Seht mal hier!“ Sara deutet auf einen Zettel. „Ein Artikel über Max' Vater. Ob er den verloren hat?“

„Das ist mal wieder typisch“, stöhnt Jonas. „Max muss ständig protzen, wie supertoll sein Alter ist.“

„Ich glaube nicht, dass er vorhatte, hiermit anzugeben“, überlegt Sara mit ernstem Gesicht. „Bestimmt wollte er uns etwas mitteilen!“

Welche Nachricht hat Max im Text versteckt?

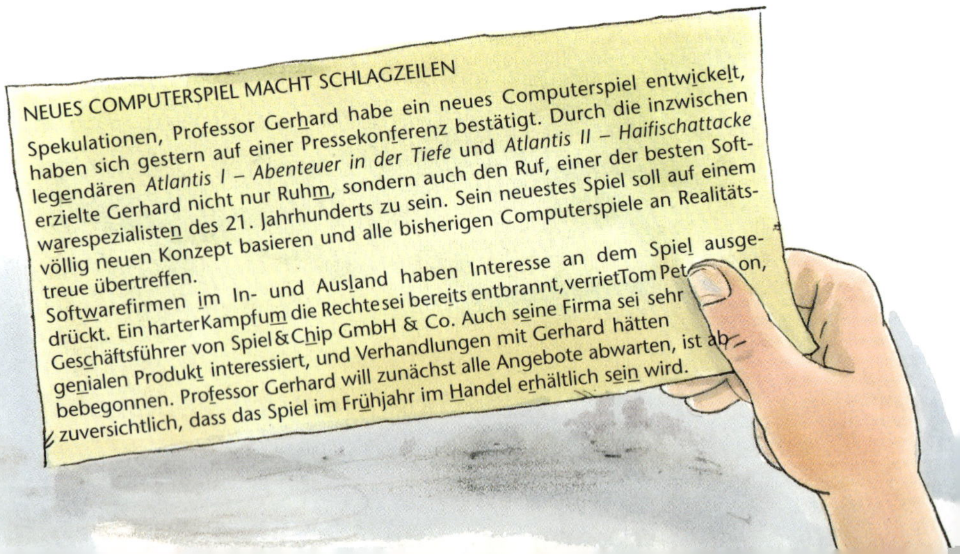

„Hilfe, man will mich entführen!“ Peter sieht seine Detektivkollegen fragend an.

„Angeber!“, meint Jonas. „Das hat er sich bestimmt nur ausgedacht. Deshalb hat er ja auch gesagt, er hätte etwas Spannendes für mich.“

„Und wenn er nun aber doch entführt worden ist?“ Sara betrachtet besorgt den Zeitungsartikel.

„Na, da werden sich seine Eltern und die Polizei schon um die Angelegenheit kümmern. Ich jedenfalls habe Hunger und gehe jetzt nach Hause zum Mittagessen.“ Jonas schultert seine Schultasche und will sich auf den Heimweg machen.

„Moment mal!“ Sara hält ihn am Arm fest. „Ron hat uns den Auftrag gegeben, den verdächtigen Mann zu beschatten, also geht uns das hier sehr wohl was an!“

„Sara hat Recht“, stimmt Peter zu. „Wir sollten wenigstens seinen Vater benachrichtigen.“

„Der ist zurzeit auf einer Tagung in Amerika. Das hat mir Max heute in der Pause erzählt.“

„Und seine Mutter?“

„Die lebt woanders. Bis sein Vater von dieser Geschäftsreise zurückkommt, ist Max allein zu Hause.“

„Oje!“ Sara bläst sich die Haare aus der Stirn. „Wenn die Entführer das nun nicht wissen, wie sollen die dann mit dem Vater Kontakt aufnehmen? Die denken womöglich, sein Sohn sei ihm egal."

„Zugegeben, irgendetwas ist da faul", gibt Jonas schließlich zu. „Ich muss aber trotzdem erst nach Hause zum Essen."

„Wie wäre es", schlägt Peter vor, „wenn wir später bei ihm zu Hause vorbeischauen? Entweder finden wir dort Max vor, oder, falls sich unser Verdacht bestätigt, liegt dort eine Lösegeldforderung der Kidnapper."

„Super Idee!"

„Wisst ihr eigentlich, wo er wohnt? Ich habe nämlich keine Ahnung."

Am Nachmittag versuchen die drei, Max' Adresse herauszufinden. Ohne Erfolg! Im Telefonbuch ist kein Eintrag, und von der Telefonauskunft erfahren sie, dass die Nummer von Professor Gerhard eine Geheimnummer ist. Auch andere Mitschüler, die sie anrufen, wissen nicht, wo die Gerhards wohnen.

„Nun bleibt uns nur noch die Adressenkartei im Schulsekretariat", meint Peter. „Da steht seine Adresse bestimmt drin."

Erst am nächsten Tag gelingt es den Detektiven, heimlich in der Pause ins Schulsekretariat zu schleichen. Während Frau Steiner, die Sekretärin, sich eine Erfrischung holt, steht Jonas vor dem Raum Wache, und Peter und Sara machen sich am Computer zu schaffen.

„So ein Mist!" Peter weiß nicht weiter. „Wir kommen ohne Kennwort nicht in die Adressendatei rein."

„Manchmal funktioniert es, wenn man eine Zahlenkombination eintippt“, überlegt Sara.

„Das ist ja schön und gut, doch dazu brauchen wir die richtigen Ziffern, sonst geht gar nichts“, schimpft Peter ungeduldig.

„Vielleicht könnten wir es mit diesen Zahlen probieren.“ Sara deutet auf einen kleinen gelben Zettel, der am Rand des Bildschirms klebt.

Peter tippt die Zahlen ein, doch einige davon sind verwischt und nicht lesbar. Noch immer kommen sie nicht weiter. „Moment mal“, überlegt er. „Ich kenne diese Art von Zahlenkombination. Die senkrechten, waagerechten und diagonalen Zahlenreihen müssen jeweils die gleiche Summe ergeben.“

`Wie lauten die fehlenden Ziffern?`

Die beiden Detektive brauchen nicht lange, um die fehlenden Zahlen auszurechnen. Hastig tippt Sara die Zahlenkombination in den Computer. Endlich!

„Max Gerhard. Hier ist, was wir suchen. Erlenweg 39." Peter notiert sich die Adresse.

Da klopft es dreimal an der Tür. Das ist das Zeichen, das sie mit Jonas ausgemacht haben, wenn er die Sekretärin zurückkommen sieht. Schnell schalten sie den Computer wieder aus und eilen zur Tür. Doch es ist zu spät. Frau Steiner, mit einer Wurstsemmel und einem Pappbecher Kaffee in der Hand, betritt den Raum. Fast verschüttet sie den Kaffee, als sie die beiden Kinder sieht.

„Was macht ihr denn hier? Wisst ihr nicht, dass hier niemand reindarf, wenn ich nicht da bin?"

„Entschuldigen Sie bitte", antwortet Sara höflich, „doch Frau Kütt schickt uns. Sie will wissen, ob das Kopiergerät wieder funktioniert."

„War es denn kaputt? Muss sie wohl missverstanden haben. Es funktioniert besser denn je."

Peter und Sara können das Kichern kaum zurückhalten. Sie stürzen aus dem Büro, in den Gang um die Ecke, wo Jonas auf sie wartet. Dort prusten sie erst einmal laut los.

Nach der Schule machen sich die drei Detektive auf den Weg zu Max Gerhards Haus. Der Erlenweg liegt in der Villengegend.

„Nummer 39. Das ist es.“ Vor einer Gartenpforte halten sie an. Ein gepflasterter Pfad führt zum Eingang. Peter drückt auf den Klingelknopf. Keine Antwort.

„Und wie sollen wir nun ins Haus kommen? Wir können doch nicht durchs Fenster einbrechen.“ Die Detektive überlegen.

Da hat Sara eine Idee. „Wir haben immer einen Schlüssel für Notfälle unter der Fußmatte versteckt. Vielleicht machen die Gerhards das ja genauso.“

Jonas hebt die Fußmatte hoch, und tatsächlich liegt dort im Staub ein Schlüssel. Wachsam blickt er sich um. „Sollen wir es wagen?“

„Na, klar doch“, erwidert Peter. „Bleibt uns doch gar nichts anderes übrig.“

Jonas steckt den Schlüssel ins Schloss und sperrt die Tür auf. Mit angehaltenem Atem betreten die Detektive den Flur.

„Niemand zu Hause. Also müssen wir doch nach einer Lösegeldforderung suchen“, flüstert Sara.

„Guck mal!“ Peter deutet auf einen Stapel von Briefen, der sich hinter der Tür angesammelt hat. „Vielleicht ist da ja etwas dabei.“ Er hebt die Briefe auf und beginnt, die Absender zu überfliegen.

„Stromrechnung“, murmelt er. „Eine Postkarte aus Kalifornien, Werbung, mehr Werbung, ein Schreiben von der Bank ...“ Enttäuscht legt Peter die Briefe wieder auf den

Boden. „Fehlanzeige! Hier ist keine verdächtige Post dabei.“

„Und was ist das?“ Jonas hat Papierfetzen entdeckt, die im Flur verstreut liegen. Er sammelt sie auf. „Na, wenn das nicht wie eine Nachricht von den Kidnappern aussieht.“ Die Detektive hocken sich auf den Fußboden und beginnen, die Teile zusammenzusetzen.

Was steht auf dem Zettel?

„Ach, das ist ja nur eine Nachricht für Max. Vermutlich von der Haushälterin der Gerhards.“ Sara ist enttäuscht. Doch dann hellt sich ihr Gesicht auf. „Und wenn nun diese Frau Gruber ...“

Ein plötzliches Geräusch lässt sie ihren Satz abbrechen. „Da ist doch jemand im Haus“, wispert sie.

„Schnell raus hier“, murmelt Jonas und eilt hastig zur Haustür. Da kommt eine kleine, getigerte Katze um die Ecke getapst und beginnt, Saras Beine zu umstreichen. Erleichtert atmen die drei auf.

„Eine Katze“, lacht Peter. „Was sind wir bloß für Detektive? Wir lassen uns von einer Katze einen Schrecken einjagen!“

„Die hat sicher seit mehreren Tagen nichts mehr zu fressen bekommen.“ Sara streichelt die Katze, die jetzt laut schnurrt. „Lasst uns in die Küche gehen und die Mieze füttern.“

Im Küchenschrank finden sie mehrere Dosen mit Katzenfutter und auf dem Küchenboden einen leeren Futtertrog. Sara füllt die Schale, und die Katze beginnt, gierig zu fressen. Erst dann fällt Sara wieder der Zettel der Haushälterin ein.

„Ich habe so ein Gefühl, dass diese Frau Gruber etwas mit der Entführung zu tun hat.“

„Ja, du hast Recht“, stimmt ihr Jonas zu. „Ist schon verdächtig, dass sie zur gleichen Zeit wie Max verschwindet. Nur zu dumm, dass wir den Fahrer des Lieferwagens nicht erkennen konnten. Möchte wetten, dass es diese Frau Gruber war."

„Logisch, sonst wäre Max ja nicht so widerstandslos in den Wagen gestiegen."

„Aber warum hinterlässt sie Max eine Nachricht, wenn sie ihn entführt hat?"

„Um die Polizei irrezuleiten und sich damit ein Alibi zu verschaffen." Sara ist sich ganz sicher.

„Und wieso war der Zettel zerrissen?"

„Da würde ich die Katze fragen", lächelt Sara und krault das Tier.

„Na, dann ist es klar, was zu tun ist." Peter blickt die beiden Freunde wissend an. „Wir müssen herausfinden, wo diese Frau Gruber hingefahren ist. Ich möchte wetten, dort finden wir auch Max."

Sara nickt zustimmend, während sie die leere Dose Katzenfutter in den Abfalleimer wirft. „Was ist denn das?" Sie fischt einen Zettel aus dem Müll. „Ist das nicht dieselbe Handschrift wie die von Frau Gruber?"

Die Detektive beugen sich über den Zettel.

„Abfahrts- und Ankunftszeiten der Linie 2 A. Vielleicht ist sie ja doch nur zu ihrer Schwester gefahren?" Peter beginnt, an ihrer Theorie zu zweifeln.

„Ja." Jonas lässt sich nicht so leicht davon abbringen. „Natürlich ist sie das – zusammen mit Max und dem verdächtigen Typen vor der Schule.

Die hatten vermutlich eine Panne und mussten in den Bus umsteigen."

„Wir wissen aber immer noch nicht, wohin die Fahrt ging." Peter blickt ratlos.

„Kein Problem. Alles, was wir brauchen, ist ein Busfahrplan. Da können wir ablesen, wo dieser Bus um 10.45 Uhr hält. Wir haben einen zu Hause."

Zurück in Jonas Wohnung, stellen die Detektive fest, dass dies doch nicht so einfach ist.

„Oje." Jonas kratzt sich am Kopf. „Die Busse der Linie 2A halten um diese Uhrzeit an verschiedenen Haltestellen. Wie sollen wir denn herausfinden, wo Frau Gruber ausgestiegen ist?"

„Na, wir wissen doch die Abfahrtszeit", meint Sara.

`Wohin ist die Haushälterin gefahren?`

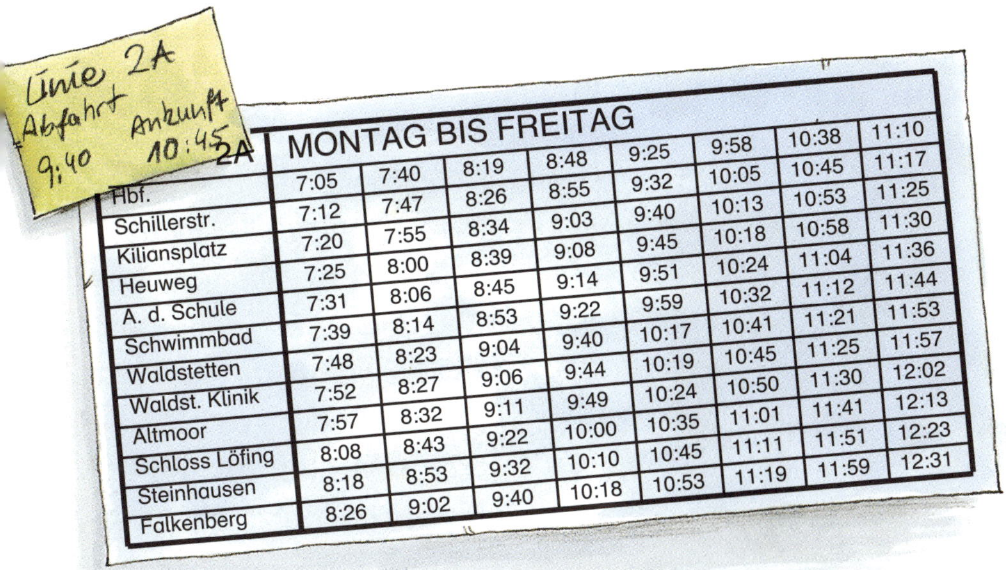

2A	MONTAG BIS FREITAG							
Hbf.	7:05	7:40	8:19	8:48	9:25	9:58	10:38	11:10
Schillerstr.	7:12	7:47	8:26	8:55	9:32	10:05	10:45	11:17
Kiliansplatz	7:20	7:55	8:34	9:03	9:40	10:13	10:53	11:25
Heuweg	7:25	8:00	8:39	9:08	9:45	10:18	10:58	11:30
A. d. Schule	7:31	8:06	8:45	9:14	9:51	10:24	11:04	11:36
Schwimmbad	7:39	8:14	8:53	9:22	9:59	10:32	11:12	11:44
Waldstetten	7:48	8:23	9:04	9:40	10:17	10:41	11:21	11:53
Waldst. Klinik	7:52	8:27	9:06	9:44	10:19	10:45	11:25	11:57
Altmoor	7:57	8:32	9:11	9:49	10:24	10:50	11:30	12:02
Schloss Löfing	8:08	8:43	9:22	10:00	10:35	11:01	11:41	12:13
Steinhausen	8:18	8:53	9:32	10:10	10:45	11:11	11:51	12:23
Falkenberg	8:26	9:02	9:40	10:18	10:53	11:19	11:59	12:31

„Steinhausen“, sagt Peter. „He, ich habe eine Idee. Wir könnten morgen nach der Schule eine Radtour dorthin machen und Frau Grubers Alibi überprüfen.“

„Super Idee! Und mit etwas Glück finden wir dort auch den verdächtigen Mann zusammen mit Max.“ Jonas klatscht begeistert in die Hände.

„So ein Mist!“ Sara ist enttäuscht. „Da müsst ihr ohne mich auskommen. Ich habe meiner Mutter versprochen, morgen auf meinen kleinen Bruder aufzupassen.“

Am nächsten Tag, gleich nach dem Mittagessen, treffen sich Jonas und Peter mit ihren Rädern und machen sich auf den Weg nach Steinhausen. Die Sonne brennt heiß auf die Landstraße.

„Mann, oh Mann, das ist ja wie in der Sahara heute!“, stöhnt Jonas nach einer Weile und wischt sich den Schweiß von der Stirn.

„Komm schon, es ist ja nicht mehr weit“, tröstet Peter ihn.

In Steinhausen angekommen, fahren sie unverzüglich zum Haus, in dem laut Telefonbuch Rosa Gruber wohnt. Peter läutet an der Haustür. Eine Stimme ruft: „Ich komme!“ Dann öffnet sich die Tür, und eine Frau mit einer gemusterten Schürze schaut sie freundlich an.

„Wir wollten uns bloß erkundigen, wie es Ihrer Schwester geht“, sagt Peter auf gut Glück, ohne zu wissen, ob es sich bei dieser Frau wirklich um Frau Gruber handelt.

„Ach, das ist aber nett von euch. Sie kann immer noch nicht richtig laufen. Aber ansonsten geht es ihr schon viel besser. Kommt doch herein!"

„Nein, danke. Wir wollen sie nicht stören. Richten Sie ihr bitte nur gute Besserung aus." Und bevor Frau Gruber die beiden fragen kann, von wem sie die Grüße bestellen soll, sind Peter und Jonas bereits davongeradelt.

Nachdem sie sich etwas ausgeruht und in Steinhausen umgesehen haben, machen sich die beiden wieder auf den Heimweg.

„Na, Frau Grubers Alibi scheint astrein zu sein. Nette Frau." Jonas tritt in die Pedale. Dann bremst er plötzlich so scharf ab, dass seine Reifen ins Schleudern geraten.

„Menschenskinder, pass doch auf!" Peter, der dicht hinter ihm fährt, schimpft laut. „Mich hätte es beinahe hingehauen."

„Psst, leise!" Jonas packt sein Rad, zieht es hinter dichtes Gebüsch und gibt Peter ein Zeichen, auch sein Fahrrad zu verstecken.

„Was ist denn los? Bist du auf einmal verrückt geworden?"

Jonas schüttelt den Kopf und deutet auf ein Auto am Straßenrand. Es ist ein blauer Lieferwagen.

„Das Auto der Kidnapper!“ Peter kann es kaum fassen.

Der Fahrer und seine Passagiere sind nirgends zu sehen.

„Ob Max gefesselt im Auto liegt?“ Jonas will schon auf den Wagen zulaufen, da hält ihn Peter zurück.

„Moment mal.“ Er hat ein Foto aus seiner Tasche gezogen. „Das ist der Schnappschuss, den ich von dem Kidnapperauto gemacht habe. Leider kann man das Kennzeichen nicht erkennen. Meinst du, dass es tatsächlich dasselbe Fahrzeug ist?“

Jonas und Peter beugen sich über das Foto und vergleichen es mit dem parkenden Wagen am Straßenrand.

Ist es das Auto der Kidnapper?

„Doch es war nicht derselbe Lieferwagen", berichten Peter und Jonas am nächsten Tag Sara.

„Und wie soll es jetzt weitergehen?", fragt diese. „Wir dürfen doch den armen Max nicht im Stich lassen."

„Keine Ahnung!" Jonas zuckt ratlos mit den Schultern.

„Ich würde vorschlagen", meint Sara, „dass wir der Gerhard-Villa nochmals einen Besuch abstatten. Jemand muss ja schließlich die arme Katze füttern. Gleichzeitig können wir nachschauen, ob inzwischen Post von den Kidnappern angekommen ist."

Als um 13 Uhr die Schulglocke läutet, stürmen die Detektive auf die Straße hinaus in Richtung Villenviertel. Der Erlenweg liegt still und verlassen in der Mittagssonne. Die Detektive blicken aufmerksam um sich, bevor sie den Schlüssel unter der Fußmatte hervorholen und die Tür aufsperren. Mit lautem Miauen werden sie von der getigerten Katze begrüßt. Sara geht gleich in die Küche, um ihr frisches Wasser und Futter zu geben. Jonas und Peter durchsuchen währenddessen die Post nach einem verdächtigen Umschlag.

„Wieder nichts. Das kann doch nicht wahr sein!"

„Wer weiß", ruft Sara aus der Küche, „vermutlich haben die schon die ganze Zeit versucht, Max' Vater zu erreichen."

„Und wieso können wir nichts finden?" Jonas denkt nach. „Natürlich!", ruft er dann. „Die haben hier doch bestimmt einen Anrufbeantworter."

Sofort durchsuchen die Detektive die Zimmer im Erdgeschoss.

„Hast du das gehört?" Peter packt Jonas erschrocken an der Schulter. Da ist es wieder. Ein deutliches Kratzen an der Eingangstür. Die Katze stellt die Haare auf und versteckt sich unter dem Sofa. Die Detektive halten den Atem an. Da wird ein Schlüssel im Schloss gedreht. Die Haustür schlägt zu, und schwere Schritte kommen den Gang entlang.

„Ich glaube, wir bekommen Besuch", flüstert Peter. „Schnell weg hier."

Blitzschnell schlüpfen sie ins Nebenzimmer und schaffen es gerade noch rechtzeitig, die Tür anzulehnen, als ein Mann das Zimmer betritt. Durch einen schmalen Spalt können sie beobachten, dass er die Schubladen des Schreibtisches durchwühlt. Schließlich findet er, was er sucht: eine CD-ROM. Er steckt sie in seine Brusttasche, zieht ein Handy hervor und wählt eine Nummer.

„Hier Peterson. Kann ich bitte mit John sprechen? ... Ja, habe sie gefunden ... Er ist noch in den Staaten ... okay. Tschüss dann."

Als kurz darauf die Eingangstür wieder ins Schloss fällt, atmen die drei erleichtert auf.

„Guck mal." Jonas deutet auf den Boden. „Der Typ hat was verloren." Auf dem Boden liegt eine Visitenkarte. Doch bevor er sie aufheben kann, läuft die Katze mit ihren schmutzigen Pfoten darüber.

„So was Dummes! Jetzt ist sie total verschmiert, und wir können nichts mehr erkennen!"

„Nur nicht so schnell aufgeben." Peter beugt sich über die Karte. „Das schaffen wir schon."

Wer ist der Mann?

„Ja, so langsam geht mir ein Licht auf! Erinnert ihr euch an den Zeitungsartikel über Max' Vater?" Jonas blickt seine beiden Freunde fragend an. Peter nickt.

„Ja, Tom Peterson wurde darin erwähnt. Seine Firma hat Interesse an Gerhards neuestem Spiel gezeigt!"

„Genau! Denn das wird ja voraussichtlich wieder ein Bestseller. Also heuern sie einen Verbrecher an, der den Sohn des Professors entführen soll ..."

„Der Mann vor der Schule", fällt ihm Sara ins Wort.

„Ja, und dann erpressen sie Herrn Gerhard. Entweder wir bekommen die Rechte, oder Sie sehen Ihren Sohn nicht wieder – oder so ähnlich."

„Mann, Jonas! Du bist ein Genie!" Peter überlegt. „Meint ihr nicht, es wäre jetzt ein guter Zeitpunkt, Ron anzurufen und ihn über den Stand der Dinge aufzuklären? Wir könnten ihn dann gleichzeitig fragen, wie es weitergehen soll." Die beiden anderen sind einverstanden, und Peter wählt die Nummer des Krimiclubs. In Stichworten berichtet er Ron die Lage des Falles.

„Hmm. Okay. Ja, keine Sorge, wir passen schon auf ... Ja, wir wissen, er ist gefährlich ... Alles klar! Also, bis später dann." Peter legt den Hörer auf.

„Was sagt er?" Die anderen sehen ihn ungeduldig an.

„Wir sollen weiterhin die Spur verfolgen und herausfinden, wo sich der Mann mit dem Ohrring aufhält. Ron meint, dass dort, wo der Typ ist, sicher auch Max zu finden ist. Und natürlich sollen wir vorsichtig sein. Der Mann sei unberechenbar."

„Na, Ron kann leicht reden." Sara schaut etwas ratlos. „Wie sollen wir denn Spuren verfolgen, wenn sich der Entführer nicht meldet?" Plötzlich schlägt sie sich mit der Hand an die Stirn. „Wir haben völlig vergessen, den Anrufbeantworter abzuhören!"

„Also, wir sind vielleicht doof!" Peter lacht. „Da stehen wir neben dem Gerät, das wie wild blinkt, und wir merken nichts." Er drückt auf die Wiedergabetaste.

„Hier ist der automatische Anrufbeantworter von Hans und Max Gerhard. Wir sind leider zurzeit nicht zu erreichen. Bitte hinterlassen Sie eine Nachricht nach dem

Piepton." Dann rauscht, knistert, kracht und pfeift es. Was danach kommt, klingt zunächst wie eine Fremdsprache. Nur vereinzelt hören die Detektive Wortfetzen, die verständlich sind.

„Auch das noch!" Peter ist sichtlich enttäuscht. „Das doofe Gerät ist kaputt. Ich verstehe kein Wort."

„Spul es zurück, und lass es uns nochmals anhören", schlägt Sara vor.

Peter spult das Band zurück, und die drei lauschen konzentriert dem von Rauschen und Krachen unterbrochenen Kauderwelsch.

Kannst du die Nachricht von Seite 69 entschlüsseln?

„Wilhelms Buchhandlung, die kenne ich. Die ist in einer der Seitenstraßen des Marktplatzes.“

„Na, dann nichts wie hin!“

Wenig später stürmen die drei Detektive aufgeregt in Wilhelms Buchhandlung.

„Na, na, nicht so eilig!“, mahnt sie der Verkäufer. „Kinderbücher findet ihr oben.“

Doch die Detektive sind nicht auf Kinderbücher aus. Sara zählt leise die Regale: „Eins, zwei, drei.“ Dann zählt sie die Regalbretter und die Bücher.

„Und wenn nun jemand die Bücher verstellt hat?“, beginnt sie zu zweifeln. Mit unsicheren Händen zieht sie schließlich das vierte Buch von links aus dem Regal. Peter, der ihr über die Schulter schaut, murmelt: „Na, das ist aber ein passender Titel: ‚Berühmte Kriminalfälle des 20. Jahrhunderts‘.“

Aufgeregt blättert Sara zur Seite 234. „Komisch, hier ist nur ein Artikel über eine Entführung im Jahre 1932: Charles Lindbergh junior. Noch nie davon gehört.“

„War Lindbergh nicht der Pilot, der erstmals im Alleinflug den Atlantik überquerte?“, unterbricht Jonas sie.

„Ja.“ Peter nickt. „Die Entführung galt seinerzeit als einer der wichtigsten Kriminalfälle Amerikas. Das ganze Land zitterte um den Jungen.“

Sara überfliegt den Artikel. „Schaut mal, hier ist eine Stelle durchgestrichen. Über die ‚50 000 Dollar', die der damalige Kidnapper von den Eltern des Jungen forderte, hat jemand mit Bleistift ‚100 000 Euro' geschrieben. Ist ja komisch!"

„Hier steht noch was." Jonas deutet auf den Rand der Seite. „‚Geld in Plastiktüte hinter Amorstatue im Stadtpark hinterlegen. Freitag, 16 Uhr. Sonst sehen Sie Max nicht wieder!'"

„Oje! Woher sollen wir so viel Geld auftreiben?"

„Ich habe eine Idee." Peters Gehirnzellen arbeiten wie rasend. „Wir könnten zugeschnittenes Zeitungspapier in eine Tüte packen, hinter die Statue legen und dem Kidnapper auflauern. Wenn wir ihn dann verfolgen, wissen wir, wohin er Max verschleppt hat, und können die Polizei informieren."

„Bei dir piept es wohl!" Sara ist von dieser Idee nicht ganz so begeistert. Da ihr aber nichts Besseres einfällt, lässt auch sie sich dazu breitschlagen.

„Ich weiß übrigens, wo die Amorstatue steht", erklärt sie den beiden Jungen. „Man nimmt den Haupteingang neben dem Museum, geht links am Kiosk vorbei und geradeaus bis zum See. Dann geht man rechts um den See herum und findet sie an der Nordseite zwischen den Büschen."

„Nein, falsch“, fällt ihr Peter ins Wort. „Vom östlichen Eingang aus geht man geradeaus, am Spielplatz vorbei, biegt danach links ab, über die Brücke, ein Stückchen weiter bis zum Brunnen, und sie steht gleich daneben.“

„Da liegt ihr aber beide falsch“, behauptet Jonas. „Man muss am westlichen Eingang rein, über die Brücke hinüber, am Pavillon vorbei, weiter geradeaus bis hin zum kleinen Weiher. Wenn man dort nach links abzweigt, kann man sie ein Stückchen weiter, gegenüber einer Parkbank, sehen.“

„Wartet mal.“ Sara zieht eine Ansichtskarte aus einem Ständer, der neben der Kasse steht. „Hier können wir gleich nachprüfen, wer von uns Recht hat.“

`Welcher der Detektive hat Recht?`

Am nächsten Tag treffen sich die Detektive nach der Schule bei Peter zu Hause.

„Bist du sicher, dass deine Mutter nichts dagegen hat, wenn wir alle bei dir zum Mittagessen aufkreuzen?“, fragt Jonas.

„Kein Problem“, grinst Peter. „Die ist sowieso bei der Arbeit. Wir rauben einfach den Kühlschrank aus. Da ist sicher genug drin.“

Nach Wurstbroten und einem Glas eingemachter Kirschen stürzen sich die drei voller Tatendrang auf die Arbeit. Mit Schere und Lineal bewaffnet, schneiden sie Zeitungspapier in der Größe von Geldscheinen zu.

„Fühlt sich tatsächlich wie echtes Geld an“, meint Jonas, nachdem sie die Bündel in eine Einkaufstüte gepackt haben.

„Na, dann lasst uns mal hoffen, dass der Kidnapper sich auch so leicht an der Nase herumführen lässt, und vor allem, dass er erst nachschaut, was wirklich in der Tüte ist, wenn er wieder zu Hause ist.“

Sara nickt zustimmend. „Ja, erst dann, wenn wir herausgefunden haben, wo er Max versteckt hält.“

„Hab ich nicht gleich gesagt, dass mein Weg der richtige ist?“, sagt Jonas, als die Detektive kurz darauf vor der

Amorstatue stehen. Vorsichtig spähen sie in alle Richtungen, doch keine Menschenseele ist zu sehen. Peter verstaut das Geld hinter der Figur.

„So, jetzt müssen wir uns nur noch verstecken und auf den Kidnapper warten."

„Wie wäre es mit den Büschen hinter der Statue?", schlägt Sara vor. „Von dort können wir alles gut beobachten."

Die drei warten und warten. Nichts geschieht. Endlich, ein Mann mit Aktentasche unterm Arm kommt den Weg entlanggeschlendert. Er geht auf die Statue zu, bückt sich und – die Detektive halten den Atem an – bindet seinen Schnürsenkel zu, bevor er weiterspaziert.

Kurz darauf hüpft ein kleiner Junge vorbei, gefolgt von einer Frau, die ein schreiendes Baby im Kinderwagen vor sich herschiebt. Danach ist es wieder ruhig. Jonas schaut gähnend auf seine Armbanduhr. Es ist genau 16.05 Uhr. Der Entführer oder sein Komplize müsste eigentlich jeden Augenblick auftauchen. Wenig später kommt eine alte Frau mit Stock auf die Parkbank zu, die gegenüber der Statue steht. Schwerfällig setzt sie sich und blickt gelangweilt um sich. Kurz darauf steht sie wieder auf, wirft ein Kaugummipapier in den Papierkorb neben der Bank und schlurft langsam zur Statue. Auf einmal geschieht alles in Windeseile. Sie packt die Plastiktüte, wirft den Stock ins Gebüsch und eilt in großen Schritten auf den Parkausgang zu.

„Schnell nach!", raunt Peter den anderen beiden zu, und im Schatten der Bäume verfolgen die Detektive die Alte, die so schnell läuft, dass sie kaum nachkommen.

„Die war wohl in ihrer Jugend Olympiasiegerin", keucht Jonas.

Am Parkeingang besteigt die Frau ein Motorrad, tritt aufs Gaspedal, und weg ist sie.

„Ich glaube, ich spinne!" Jonas blickt der Alten mit offenem Mund nach. „Wer war denn das?"

„Vielleicht ist Frau Gruber doch in die Entführung verwickelt", vermutet Peter. „Ob das ihre Schwester war?"

„Moment mal!" Sara schüttelt energisch den Kopf. „Irgendwas stimmt hier nicht."

Was fällt Sara auf?

„Natürlich, das ist es!“ Sara schnipst mit den Fingern. Die anderen beiden mustern sie fragend. „Die Schuhe“, erklärt sie. „Das ist gar keine alte Frau, sondern der Mann, der Max entführt hat. Der trug dieselben Schuhe!“

„Logisch! Du hast Recht. Alte Frauen kauen gewöhnlich auch keinen Kaugummi ...“

„... oder können so schnell laufen“, ergänzt Jonas. „Und was jetzt?“

„Keine Ahnung.“ Peter zuckt mit den Schultern. „Wir können nur hoffen, dass Max wegen uns nicht in Schwierigkeiten kommt. Ich mag gar nicht daran denken, was passieren könnte, wenn der Typ herausbekommt, dass in der Tüte nur altes Zeitungspapier steckt.“

„Wie wär es mit einer Pause? Ich lade euch zu einem Eis ein.“

„Jonas! Wie kannst du in einer solchen Situation ans Essen denken?“ Sara schüttelt den Kopf. „Aber eigentlich ist das gar keine schlechte Idee. Vielleicht kühlt das unsere rauschenden Köpfe, und uns trifft ein Geistesblitz.“

Zehn Minuten später stehen die drei in der Eisdiele am Marktplatz.

„Ich glaube, ich nehme eine Kugel Erdbeer“, überlegt Sara. Plötzlich packt Jonas die anderen beiden am Arm und zieht sie hinter eine Säule in Deckung. Wortlos deutet er auf den großen Spiegel hinter der Theke. Man kann darin die Gäste an den Tischen ihre Eisbecher löffeln sehen.

„Schaut mal, wer da sitzt“, wispert er. „Der hat sich aber schnell umgezogen.“

„Ich glaube, ich sehe nicht recht.“ Sara kann es nicht fassen. „Die Frau neben ihm, ist das nicht die Kütt? Was hat die denn mit dem Kerl zu tun?“

Tatsächlich, da sitzt der Mann in der schwarzen Lederjacke und unterhält sich angeregt mit der Mathelehrerin. Die Plastiktüte mit dem Geld lehnt am Tisch. Im Spiegel kann Sara erkennen, dass die beiden Reiseprospekte betrachten.

„Sag bloß, die stecken unter einer Decke!“

„Was darf es sein?“, unterbricht sie der Eisverkäufer.

„Äh“, stottert Peter. „Einmal Vanille, bitte.“

Die drei bestellen ihre Eiswaffeln, ohne Frau Kütt und den Mann aus den Augen zu lassen. Die Lehrerin notiert sich etwas in einem kleinen Buch. Dann zieht sie eine Geldbörse aus ihrer Tasche, ruft den Kellner und verlässt kurz darauf zusammen mit dem Kidnapper eilig die Eisdiele.

„Schnell nach“, ruft Peter. Doch es ist bereits zu spät. Die beiden sind längst auf ihrem Motorrad abgedüst.

„So ein Mist! Wenn wir doch nur unsere Räder hier hätten“, murmelt Jonas enttäuscht.

„Guckt mal!“ Sara geht auf den leeren Tisch zu. „Die haben was vergessen.“

Und sie schwenkt voller Triumph einen Stadtplan hin und her.

„Na und, ein Stadtplan. Der hilft uns auch nicht weiter. Denkst du vielleicht, die haben darauf markiert, wo sie Max versteckt halten? Die sind doch nicht blöd.“

„Wer weiß.“ Ohne sich große Hoffnungen zu machen, faltet Sara den Plan auseinander. „Hier steht was am Rand.“

Peters Augen leuchten auf. „Sind es etwa Richtungshinweise?“

Sara nickt aufgeregt. „Das darf doch wohl nicht wahr sein!“

Aufgeregt beugen sich die Detektive über den Plan.

`Wohin führen die Richtungshinweise?`

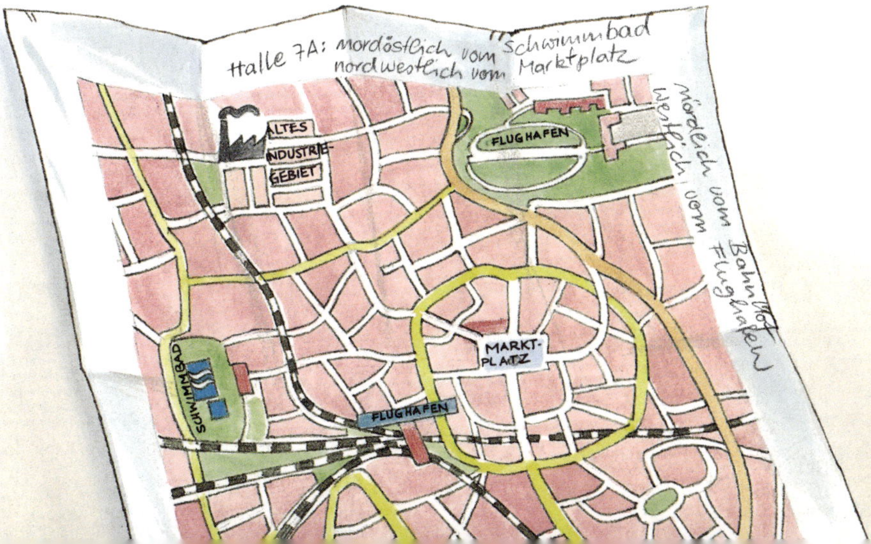

„Wenn man diesen Anweisungen folgt, gelangt man in das alte Industriegebiet.“ Jonas runzelt die Stirn. „Außer verlassenen Fabrikgebäuden und Lagerhallen ist da überhaupt nichts los.“

„Genau! Das ist doch der ideale Ort, um einen entführten Jungen zu verstecken. Ich möchte wetten, dass wir dort Max finden.“

„Natürlich! Los, lasst uns sofort hingehen!“

Jonas überlegt. „Und wie, wenn ich fragen darf? Zum Laufen ist das viel zu weit, und Busse fahren da auch nicht hin.“

„Na, mit den Rädern, du Dummkopf!“, meint Sara bestimmt. „Wir holen unsere Räder und treffen uns in einer Viertelstunde vor der Schule. Kennwort?“

„Rätselkrimi!“

Bald darauf radeln die drei Detektive in Richtung Nordwesten.

„Ist es noch weit?“, stöhnt Jonas.

„Es geht“, meint Sara. „Wenn wir am Friedhof vorbei sind, noch etwa zehn Minuten.“

Die Gegend wird immer trostloser.

„Mir gefällt es gar nicht hier“, meint Jonas. „Sollten wir nicht besser umkehren?“

„Ach was, du Angsthase!“, lacht ihn Peter aus. „Jetzt, wo wir schon so weit sind, können wir doch unmöglich aufgeben.“

„Auf keinen Fall!“ Sara nickt entschlossen. „Das Gebäude, das wir suchen, kann nicht mehr weit sein.“

Tatsächlich, als sie um die nächste Ecke biegen, ruft sie: „Schaut mal, was hier steht!“

Im Schatten einer halb verfallenen Mauer parkt ein blauer Lieferwagen, neben dem ein Motorrad steht. Die Detektive verstecken ihre Fahrräder und gehen langsam auf den Eingang der Lagerhalle zu.

„Na, das fehlt uns noch!“, schimpft Jonas, der versucht, die Tür zu öffnen. „Die ist abgeschlossen. Ob es noch einen anderen Eingang gibt?“

Die drei schleichen um das Gebäude herum, doch ohne Erfolg. Es scheint weder Fenster noch einen Seiteneingang zu geben.

„Vielleicht können wir die Tür ja irgendwie aufbrechen?“

„Und den Alarm auslösen!“ Sara deutet auf ein kleines Schild neben der Tür. „Ohne die richtige Kennziffer kommen wir hier nicht rein.“ Sie untersucht die Zeichen auf der darunter liegenden Tastatur. „Diese Tür ist doppelt abgesichert. Um reinzukommen, muss man nicht nur die richtige Kennziffer kennen, sondern auch diese geheimen Zeichen verstehen. Da haben wir keine Chance.“

Peter betrachtet ratlos seine Schuhspitzen. „Was ist denn das?“ Vor ihm auf dem staubigen Boden liegt ein zerknüllter Zettel. Er hebt ihn auf und streicht das Papier glatt.

„Zeig mal her!“ Die anderen beiden schauen ihm über die Schulter.

„Mensch“, ruft Jonas. „Wenn das nicht der Schlüssel zu dem Geheimcode ist!“ Er zieht einen Notizblock und einen Bleistift aus seiner Hosentasche und beginnt zu kritzeln.

Wie lautet der Geheimcode?

Nach längerem Rätseln ist es so weit: Jonas tippt die Zahlen in die Tastatur, und mit einem leisen Klicken springt die Tür auf. Vorsichtig betreten sie die Halle. Es ist finster, denn die dreckigen Dachluken lassen nur wenig Tageslicht herein. Da, ein Geräusch! Blitzschnell schlüpfen sie hinter einer großen Kiste in Deckung. Es ist eine Ratte, die über den Gang huscht, doch da ist noch etwas.

„Hört ihr das auch?“ Peter sieht die anderen fragend an. Tatsächlich, von weiter hinten in der Halle hören sie leises Stimmengemurmel.

„Seht ihr die Tür? Dort müssen sie sein.“

Die drei schleichen zur Tür, und Peter versucht, durch das Schlüsselloch zu spähen. Da er nichts erkennen kann, presst er sein Ohr dicht gegen die Tür.

„Und das Wetter heute“, flötet eine Frauenstimme, „vorwiegend sonnig mit Temperaturen bis zu 30 Grad.“

„Na, das war ja ein Kinderspiel, euch in die Falle zu locken! Dreht euch mal brav zur Wand, und legt eure Hände auf den Rücken!“

Erschrocken blicken die drei auf. Hinter ihnen steht der Mann in der Lederjacke, einen Revolver in der Hand, den Lauf auf sie gerichtet. „Na los! Seid ihr etwa taub?“

Zaghaft drehen sie sich um und schieben ihre Hände auf den Rücken. Da taucht Frau Kütt hinter einer Kiste auf. Mit abfälligem Grinsen fesselt sie ihre verblüfften Schüler.

„Wolltet uns wohl nachspionieren. Da habt ihr euch aber verrechnet.“

„Die Polizei weiß Bescheid“, lügt Sara. „Sie wird jeden Augenblick auftauchen, dann ist Ihr Spielchen aus.“

Frau Kütt lacht. „So, wird sie das? Na, dann grüßt sie mal schön von uns“, und sie schubst die gefesselten Detektive in den Raum, in dem das Radio noch immer läuft. Der Schlüssel dreht sich im Schloss, und wenige Minuten später kann man einen Automotor aufheulen hören.

„Jetzt haben wir den Salat!“, murmelt Jonas. „Ich hab’s doch gleich gesagt, wir sollten besser umkehren.“

„Sei still!“, faucht ihn Sara an. „Greif lieber in meine Hosentasche, ich komme da nicht ran.“

„Wieso?“

„Weil da mein Taschenmesser drin ist.“

„Mensch, Sara! Du bist unsere Rettung!“

Jonas gelingt es, zu Sara zu kriechen und das Messer aus deren Hosentasche zu fischen. Es dauert nicht lange, und er hat damit die Seile durchgeschnitten. Peter läuft sofort auf die Tür zu, drückt die Klinke und rüttelt daran.

„Und wie sollen wir hier raus? Die Tür ist abgeschlossen, und es gibt keine Fenster.“

Jonas untersucht das Schloss genauer. „Hmm, der Schlüssel steckt von draußen im Schloss.“ Sofort beginnt er, seine Hosentaschen auszuleeren.

„Was ist jetzt los?“

„Ich schaue nur, ob ich etwas Nützliches finden kann.“

Schnell liegen eine Taschenlampe, ein Bleistiftstummel, ein Hausschlüssel, ein Kaugummi, ein Stückchen Draht, mehrere Münzen, eine Lupe und ein Notizbuch auf dem Boden. Sara legt ihr Taschenmesser und den Stadtplan dazu.

„Ich hab's!“, ruft sie plötzlich. „Schaut mal, wie groß der Spalt unter der Tür ist.“

„Sollen wir da etwa durch?“

„Nein“, lacht sie und macht sich an der Tür zu schaffen.

Wie kommen die Detektive aus dem verschlossenen Raum raus?

Sara stochert mit dem Draht so lange im Schlüsselloch herum, bis der Schlüssel mit einem dumpfen Klirren auf den ausgebreiteten Stadtplan fällt. Jetzt ist es ein Leichtes, ihn durch den Türspalt in den Raum zu ziehen.

„Super!“, lobt Peter und klopft ihr auf die Schulter.

Die drei sperren die Tür von innen auf und stehen wieder in der Lagerhalle.

„Meinst du, die haben Max mitgenommen?“, fragt Jonas, und dann ruft er: „Max! Max, wo bist du?“ Keine Antwort.

„Wenn wir nur wüssten, wohin die gefahren sind!“ Sara schaut sich erwartungsvoll um. „Wer weiß, vielleicht haben sie ja irgendwelche Spuren hinterlassen?“

Sie biegt um die Ecke in einen schmalen Gang. „Hier ist noch ein Raum!“

Die Tür steht weit offen. Außer einer Matratze, einer alten Wolldecke und einer halb vollen Flasche Mineralwasser ist der Raum leer.

„Das sieht ja ganz so aus, als sei dies Max' Versteck gewesen“, kombiniert Peter.

Sara stampft wütend mit dem Fuß auf. „So ein Mist! Wir sind zu spät!“

„Ja“, stimmt Jonas ihr zu. „Es gibt hier nichts mehr für uns zu tun.“ Er lässt seinen Blick durch das verlassene Zimmer schweifen.

„Halt, Falschmeldung!“, ruft er plötzlich. „Der Flughafen!“

„Wieso, woher willst du denn das so genau wissen? Die könnten doch auch mit dem Zug oder mit dem Auto abdüsen.“

Jonas schüttelt den Kopf. Er deutet auf die Wand hinter der Matratze. Jemand hat dort mit einem Bleistift hastig Buchstaben an die Wand geschmiert.

„Zum Flughafen! M.“, liest Sara laut vor. „Ich glaube, jetzt ist es wirklich an der Zeit, dass wir die Polizei informieren.“

Die Detektive rennen aus der Lagerhalle. Die Räder stehen noch dort, wo sie sie zurückgelassen haben.

„Jetzt aber Tempo!“ So schnell sie können, strampeln sie in die Pedale, zurück in die Stadt, wo sich die Hauptwache der Polizei befindet.

„Max Gerhard? Ist das nicht der Sohn von dem berühmten Professor Gerhard?“, fragt der Dienst habende Polizist. „Bin schon gespannt, um was es in seinem neuesten Spiel geht. Atlantis ist ja wirklich das, was ich ein Superspiel nenne. Und der Sohn soll entführt worden sein?“ Mit prüfendem Blick mustert er die Detektive. „Na, für einen schlechten Scherz seid ihr doch wohl zu alt. Also: Dieser Mann und eure Lehrerin sollen Gerhard junior entführt haben?“

Peter, Sara und Jonas nicken. Schnell berichten sie alles, was sie wissen. Währenddessen tritt ein älterer Polizist dazu, der sich als Kommissar Müller vorstellt.

„Dann müssen wir jetzt aber schnell etwas unternehmen.“ Mit sorgenvoller Miene ruft er in der Einsatzzentrale an: „Informieren Sie sofort den Flughafen, geben Sie eine Personenbeschreibung durch, und lassen Sie die Kontrollen verstärken. Und ihr“, wendet er sich an die Detektive, „erzählt mir im Streifenwagen nochmal alles in Ruhe.“

„Wie sollen wir in diesem Gewühl die Verbrecher finden?“, seufzt Peter, als sie kurz darauf in der Abflughalle des Flughafens stehen.

„Dort!“, ruft Jonas triumphierend.

Wo sind die Verbrecher?

Kommissar Müller gibt seinen Kollegen durch sein Funksprechgerät kurze Anweisungen. Und dann geschieht alles blitzschnell. Unzählige Polizisten stürzen aus dem Hinterhalt.

„Woher kommen denn die auf einmal?“ Sara bleibt vor Staunen der Mund offen stehen.

„Sondereinsatz“, murmelt Peter.

Ahnungslos stehen der Mann in der Lederjacke und Frau Kütt an der Flugabfertigung. Der Angriff kommt für sie so überraschend, dass sie sich nicht einmal zur Wehr setzen.

„Puh“, atmet Peter auf, als die beiden in Handschellen abgeführt werden. „Das ist ja gerade noch mal gut gegangen.“

„Aber wo ist denn Max?“ Sara hält nach dem Jungen Ausschau.

„Vielleicht haben sie ihn unterwegs abgesetzt?“, schlägt Jonas vor.

„Oder ...“ Sara mag gar nicht weiterdenken. Hatte Ron sie nicht vor dem Mann

in der Lederjacke gewarnt? Wenn der nun Max ...

„Na, jetzt macht euch mal keine Sorgen um Max“, beruhigt sie der Kommissar. „Den finden wir schon. Jetzt bringen wir euch erst mal nach Hause.“

Als die drei Detektive draußen auf dem Flughafenparkplatz wieder in den Streifenwagen steigen wollen, sieht Peter plötzlich den blauen Lieferwagen.

„Das ist der Wagen der Entführer“, ruft er. „Vielleicht haben die Max im Wagen gelassen.“

Kommissar Müller gibt abermals Anweisungen, und es dauert nur wenige Sekunden, bis zwei Polizisten die Wagentür aufgebrochen haben. Und tatsächlich liegt auf dem Boden des Lieferwagens der gefesselte Max. Eine Polizeibeamtin löst schnell die Fesseln und zieht den Klebestreifen von Max’ Mund.

„Und ich dachte schon, dass es mit eurer Detektivarbeit nicht weit her sein kann“, grinst Max die drei Detektive an. „Wenn du mir allerdings zugehört hättest“, und er wendet sich vorwurfsvoll an Jonas, „dann hätte ich nicht so lange auf euch warten müssen.“

„Was? Ich verstehe nicht!“

„Na, ich wollte dir doch die Drohbriefe zeigen, die schon eine ganze Weile an meinen Vater kamen. Aber du hattest ja keine Zeit.“

Schuldbewusst erinnert sich Jonas an die Unterhaltung, und dabei fällt ihm noch etwas anderes ein: „Das Computerspiel!“, schreit er so laut, dass selbst die Polizisten erschrocken zusammenfahren.

„Was ist denn jetzt schon wieder? Ich denke, der Fall ist abgeschlossen. Wollen wir nicht erst mal eine kleine Pause machen?“ Kommissar Müller blinzelt ihn fragend an.

„Tom Peterson, der Geschäftsführer von Spiel&Chip, hat die CD-ROM mit Gerhards neuem Spiel geklaut“, erklärt Jonas.

„Tom Peterson?“ Max beginnt zu lachen. „Das ist doch ein Freund von meinem Vater.“

„Und wieso schleicht er sich dann heimlich in euer Haus?“

Max lacht so sehr, dass er kaum antworten kann. „Tom geht bei uns im Haus ein und aus. Er hat einen Schlüssel. Wahrscheinlich hat mein Vater nur vergessen, ihm etwas

vor seiner Abreise zu geben. Das neue Spiel liegt in einem Banksafe unter Verschluss. An das kommt niemand ran."

„Dann ist der Fall also doch gelöst?", fragt der Kommissar. Jonas schaut die anderen beiden Detektive an, und alle drei beginnen schallend zu lachen.

Lösungen

Seite 9: Auf den zerbrochenen Mauersteinen steht: EΘΞ✪✪ und Ξ✪ + ⇩φ

Seite 12: Der kürzeste Weg ist folgender: vom Obstgarten durch den Kräuter- und Rosengarten, an der Schule vorbei, über die Brücke und hinten vorbei an der Baumschule.

Seite 15: Folgende Veränderungen gibt es: Der linke Rückspiegel, das Hinterrad und die Antenne sind bei der Notlandung abgebrochen. Eine Leuchte ist zerbrochen, außerdem fehlt an der Kuppel ein Scharnier und an der Seite sind ein paar Kratzer im Lack.

Seite 18: Die Fußspuren sind identisch.

Seite 21: Folgende Fotos sind überbelichtet: Anna und Till; Lina, Till und Sabine; Kim, Anna und Nicklas. Kim und Till sind die Einzigen, die auf keinem der Bilder zu sehen sind.

Seite 24: In Tills Brusttasche ist ein roter Tintenfleck, den vermutlich sein Füller hinterlassen hat. Das Blut auf dem Taschentuch ist wahrscheinlich rote Tinte!

Seite 27: Nummer 7 ist der richtige Schlüssel.

Seite 30: Auf dem Drehstuhl ist ein Fußabdruck zu sehen. Die Außerirdischen wollten also an das oberste Regal, noch über dem Brett mit dem zerbrochenen Schlangenglas. Das Fach hat auch keine Spinnweben. Die Außerirdischen interessierten sich für den hölzernen Kasten in dem Fach.

Seite 33: Der Schatten gehört dem Direktor – die große Nase und die Brille verraten es.

Seite 36: Auf der Mauer steht: „Geh vom großen Haus, vom rechten Pfosten, elf Schritte geradeaus und sechs nach Osten“.

Seite 39: Die Chronik hat die Signatur SIG. HISTORIE 24/XV.

Seite 42: Das Schaltjahr war 1868. Laut Computer war der 29. Februar 1886 ein Montag und der darauf folgende 1. März auch. Das ist aber nicht möglich!

Seite 45: Von oben nach unten: Die 19 ist falsch, da die Zahlen zum Einmaleins mit 9 gehören – 18 wäre richtig. Die 14 ist falsch, da alles ungerade Zahlen sind – die 13 wäre richtig. Die 33 ist falsch, da die Zahlen verdoppelt werden – die 32 wäre richtig. Die 13 ist falsch, da die Zahlen zum Einmaleins mit 6 gehören – die 12 wäre richtig.

Seite 52: Die unterstrichenen Buchstaben ergeben folgende Nachricht: „Hilfe, man will mich entführen!“

Seite 55: Die Summe der senkrechten, waagerechten und diagonalen Zahlenreihen ist jeweils 33. Die fehlenden Ziffern sind also 13, 11 und 15.

Seite 58: Der Text auf dem Zettel lautet folgendermaßen: „Lieber Max, meine Schwester ist beim Fensterputzen von der Leiter gefallen und hat sich ein Bein gebrochen. Ich muss unverzüglich zu ihr fahren. Im Kühlschrank ist genug Essen für die nächsten Tage. Viele Grüße, deine Frau Gruber

PS: Vergiss nicht, die Katze zu füttern!“

Seite 61: Sie ist nach Steinhausen gefahren.
Seite 64: Das Auto der Entführer hatte hinten zwei Türen.
Seite 67: Der Mann ist Tom Peterson, der Geschäftsführer der Firma Spiel &Chip GmbH&Co.
Seite 70: Wenn man jeweils das „chrrbr" entfernt, wird die Nachricht verständlich:
„Gerhard, wir haben Ihren Sohn. Wenn Sie ihn wiedersehen wollen, dann tun Sie, was wir verlangen. Weitere Hinweise finden Sie in Wilhelms Buchhandlung: drittes Regal, zweites Brett, viertes Buch von links, Seite 234. Und, Gerhard, lassen Sie die Polizei aus dem Spiel!"
Seite 73: Jonas hat Recht.
Seite 76: Sara ist aufgefallen, dass die Alte dieselben Schuhe trägt wie der Mann, der Max entführt hat.
Seite 79: Alle Hinweise deuten auf das ehemalige Industriegebiet der Stadt.
Seite 82: Die Zahlen auf der Tastatur lauten wie folgt:

2	17	33
9	4	56
27	8	5
70	1	13

Es kommt also nur folgende Zahlenkombination infrage: 2 – 4 – 8.
Seite 85: Sara schiebt den ausgebreiteten Stadtplan unter der Tür durch. Mit dem Draht stochert sie im Schlüsselloch, bis der Schlüssel auf den Plan fällt. So kann sie den Plan mit dem Schlüssel zurück ins Zimmer ziehen.
Seite 88: Sie stehen am Abfertigungsschalter.

Leseprofi RateKrimis

In dieser Reihe sind erschienen:

3-8112-2646-0

3-8112-2647-9

3-8112-2649-5

Je 96 Seiten, durchgehend
farbig illustriert

gondolino